もくじ

松田道雄　子どものものさし

子どもと本気になって遊ぶ

教育でいちばん大切なことは、子どもに、「よし、やってやろう」という気をおこさせることです。やる気になった子どもが、自分の力で何かをとらえることができると、よろこびます。自分にこんな力があったのかと思うからでしょう。

手ごたえのたのしさといっていいかもしれません。

もちろん、苦痛をあたえて「教育」することだって不可能ではありません。犬の後足にぞうりをはかせて、熱した鉄板の上をあるかせると、犬は前足をつくとあついものだから、後足だけでたってあるくことをおぼえます。

そういう強制による教育の欠点は、のびないことです。たのしさがありませんから、自分でもっとやろうという気がでません。後足でたてるようになった犬が自分からすすんでスキップの練習をしないようなものです。

幼児にたいする教育では、歌詞をおぼえさせるとか、人の顔を顔らしくかかせるとか、オオカミとブタとを判別させるとかいった、個々の「学習」は、たいした問題でありません。

自分でやってみようという気をおこさせ、その意欲のもたらす成果に満足感を経験させることが教育の眼目です。

創造のよろこびを知っている人間にすることです。

たのしいあそびをさせなさいというのは、幼年版娯楽番組をやれということではありません。

教育が大事だという人は、あそびということに反感をもつようですが、幼児にとってあそびとは、もっともエネルギーを投入できる生活です。

たのしいあそびをさせなさいというのは、子どもの自発性をかきたてる場を用意しなさいということです。

あそびの場で、幼児はいちばん本気になります。

本気になってあそんでいる幼児は、おそろしいくらいするどい目をもちます。クレヨンのかき方をおしえられている幼児は、自分におしえている教師が、本気か、うわのそらかを気にしません。

しかし、プールのなかで熱狂してあそんでいる幼児は、本気でいっしょにあそぶ教師は仲間に入れますが、「あなたはもう出ないとはいりすぎですよ」というような教師を、「先生、あっちへいってて」と排除します。

幼児には、この人は本気でいっしょにあそんでいるか、冷静な目でみているかを直観的にみわける力があります。そうさせるものが、あそびのなかにあります。子どもが本気だからです。

ここで、たいへん困難な教育上の問題にぶつかるわけです。

いったい、教師は子どもといつまで本気であそべるかということにかかわってきますが、思慮分別を失わない教師はよい教師であるかということです。

教育というものは、経験をつんで、いろいろの子どもに接するほど、子どものあつかいはじょうずになります。だが、そのことは、子どもの熱狂にまきこまれて、われを忘れるということがなくなることでもあります。

私は自分の過去をかえりみて、いちばん本気で学校の勉強に打ちこんだのは、学校を出たてのわかい先生にならったときでした。

あのとき、先生は休みの時間にも職員室に帰らず、運動場で生徒といっしょにかけまわってあそんでくださったのでした。

教育者というものを、あのときほど身近に感じたことはありません。

その先生がまだ健在なのですが、当時のことを感謝をこめてはなすと、先生は「いや、あのころは夢中でしたよ。まったく若気の至りです。いまなら、もうすこし、ましな教育ができたでしょうに」といわれるのです。

だが、私はいつもそれに反対します。

教育者は、たくさん知っているということが資格なのでなく、子どもと本気になってあそべることが第一です。

厳密な意味では、最高の教育というのは、人間の一生でごくかぎられた期間しかできないのではないかと、私は思っています。

もちろん、それは生徒の年齢によってちがうでしょう。しかし、教師は年をとればとるほどいいというものでないと思います。

教師の気持ちでは、知識や経験がゆたかになるほど教育はじょうずになると思いたいでしょうが、生徒の側からすれば自発性をかきたててくれるのは教師の技術ではなくて、情熱です。

保母さんたちとつきあっていて、私のこのかんがえは、ますますかたくなりました。

安全ということに重点をおくならば、経験のある人のほうが、まちがいなくすぐれています。

そういう経験がわかい人にわけあたえられねばならぬことはもちろんです。

しかし、わかい学校をでたての保母さんのほうが、子どもと本気になってあそべることも事実です。

保育園は給料のやすい保母さんをやとうことで、その予算の貧しさをおぎなっています。

経営者は、保母さんがしょっちゅうかわってわかい人がはいってくるのをよろこびます。月給をたくさんださねばならぬ経験のある人を敬遠します。

そのことが、保母さんの給料を全体として低くしています。私は保母さんの給料を高くすること、結婚してもやっていけるように待遇をよくすることに、何の異議もありません。

しかし、わかい保母さんが、せいいっぱい保育をやって、二年か三年でやりきれなくなって去っていくのを、オリンピック選手があらわれては消えていくのとおなじに思うようになりました。

人間のいとなみの最高に美しいものは短命なのです。

保育理論が理解できなくても、彼女たちは奇跡の教育者だったのです。（一九七一年　六三歳）

保育という教育

保育という仕事は、人間の問題を一瞬も忘れられない仕事であります。

保育から人間をぬき去ってしまったら、保管になります。

保管というのは、駅でよくやっていますが、荷物を一時あずかることです。

しかし、保育は保管ではありません。

それは、保育は教育だからであります。教育は人間と人間とのつながりの中でしかありえないことが忘れられているのは現代の悲劇であります。

教育というのは、自分たちの時代の文化をつぎの時代にゆずりわたすことです。

それは、知識を仕入れるということでありません。私たちの心にいちばんふかく残っているものは、私たちが子どものときに親からしつけられた、いろいろの習慣、おしえであります。

それが、大きくなって本でよんだ知識とちがって、心にふかくきざみつけられているのは、親子というつよい人間的なつながりの中で、愛情として、おしえられ、しつけられたからであります。

小学校のときの教育が心にのこるのは、小学校の先生と人間としてむすびついていたからです。

ところが、上級学校へいけるようにするのが、学校教育だというまちがった考えがひろがっています。これは、学校教育が受験本位になったからです。そうすると教育のなかでいちばん高等なのは大学教育だというまちがった考えがでてきます。

大学の教育はどうやっているかといいますと、大きい何百人とはいれる教室に、先生がマイクで講義をしています。

先生は何年も以前につくったノートをよんでいます。学生はアクビしながらきいています。要領のいい学生は、ぬけだしてマージャンをしたり、デモをしたりしている。そして試験のまえには講義のプリントを買ってよむ。それで試験がとおって卒業する。

大学卒業ということで、教育のある人間と思われて、いい会社や役所につとめます。

それが、最高の教育だと思われています。

しかし、そんなのは教育でありません。

人間から人間へ、愛情としてつたえられていません。だから、すぐ忘れてしまいます。はじめから頭にはいっていません。

そういうニセ教育をうけた人間がえらい人間として通っていますから、世の中がちっともおもしろくありません。教育は人間と人間とのつながりのないところではありえません。

私は、ほんとうの教育がいまおこなわれているのは幼児教育だと思います。人間と人間とのつながりがあって、教師が愛情として、自分にあるものを子どもにつたえるというのは、保育園や幼稚園だけです。

教育は人間と人間とのあいだにだけいとなまれるいとなみであります。

子どもに、人間として理解されていないと教育はできません。

教育者は被教育者を人間として理解せねばならぬ。保育者は人間を知らなければなりません。

人間を忘れて、物だけで、保育を考えては、けっして満足な保育はできません。

ところが、残念なことに、いまの幼稚園や保育園は、物について考えることが多すぎます。これは、国のほうから、幼稚園や保育園に十分の補助をしてくれないということからきています。

いつも赤字でやりくりばかりしていなければなりません。そうなると、園長は、保育者に月給を払わねばなりませんから、つい物のことを考えてしまいます。

保母さんのほうも、いろいろしたいことがありますが、お金がかかることはだめだと思ってしまう。

そういう雰囲気のなかで暮らしていますと、物を中心にする考え方になれて、人間を考えないようになります。

それで、ここで、もう一度人間のことを思い出したいというので、「人間を育てる保育」という題にしました(1)。

本論にはいる前に、皆さんにぜひ心にとめておいてほしいことがあります。

それは皆さんが、自分の仕事に誇りをもってほしいということです。

自分は保育者であることを、胸をはって、人に示す気持があってほしいのです。

自分の仕事を卑しい仕事と思っている人は、卑屈になります。

自分はつまらない仕事をしている人間だという気持がちょっとでもあったら、その気持を追いだしてしまって下さい。

というのは、あなたたち保育者は「子守り」でなくて教育者なのです。

教育者は、つねに自分が教育者であることに誇りをもっていないといけません。

それは、子どものために必要なのです。

自分の先生は、りっぱな人間だ、胸をはって生きているということを子どもが、意識していないと教育はうまくいかないからです。

教育は人間が人間をひきつけていく仕事です。卑屈な人間は、子どもを引きつけていくことはできません。

昔、多くの家庭に「子守り」というものがいました。子どもを学校へやれなくなった農村の家庭から、町の家に「子守り」としてやとわれてきた少女たちです。

彼女たちは、赤ん坊や幼児の「守り」をしました。それは教育ではなかった。

子どもは「子守り」のなかに、自分より低い人間を意識したからです。

「子守り」の少女のほうが、幼児より何でもよく知っていました。お手玉もおしえられました。ナワとびもおしえることができました。しかし、それが教育でなかったのは、「子守り」は、自分はこの子の家の召使いであるという卑下があったからです。

保育が「子守り」ではないのは、保育者が親にやとわれた召使いでないからです。

親にたいして卑屈でなくても、保育者は、上役だのお役所の人にたいして卑屈でありえます。

それも卑屈になることはありません。

教育は何ものにもゆずれない保育者の創造的な活動です。

役の上の上下とは別のところで、教育は子どもにたいして行うものです。

お役所から見廻りにきた役人に対して保育者は、子どものまえで卑屈な態度をみせてはいけません。

役人がみまわるのも仕事であれば、保育者が子どもを教育するのも仕事です。職業に上下貴賤はありません。

自分の先生が卑屈な態度をとらねばならぬことは、子どもにとっては、恥しいことです。私は自分の先生が卑屈であったときは、肉体的な苦痛のようなものを感じました。

人間としての威厳を保育者は失ってはなりません。

それは、保育者と、その周囲の人との直接の人間関係においてだけのことでありません。

保育者は、世間一般の同年齢の女性にくらべて、みすぼらしくあってはなりません。

教育は人間と人間との関係だから、外見などどうでもよいというものでありません。

子どもの目からみて、先生が粗末な服装をしているとみえるようなことがあってはなりません。

私は小学校のとき、自分の先生が、体操のときつぎのあたったシャツをきていられるのが苦痛でした。

ですから、これはお役所のほうに期待したいのですが、同年齢の他の女性にくらべて遜色《そんしょく》のない身なりのできるだけの報酬をだしてほしい。

それは、保育が保管でなく、人間をそだてる教育である以上、必要なことです。

保育者が保育者としての誇りをつねに失わぬためには、経済的な支持がなくてはなりません。

（一九六七年　五九歳）

子どもとひろば

五、六十年まえの京都の子どものあいだでは「ひろば」ということばはありませんでした。「ひろば」ということばで、どの人間も平等の立場で、自由に参加し、自分の好きなことを表現していい場所を意味するのは、戦後になってからです。

私が小学校にいっていたころ「ひろば」ということはいいませんでしたが、「ひろっぱ」ということばはありました。小学校の運動場のことでした。

「ひろば」ということばはありませんでしたが、子どもが誰でも参加し、好きなことをしてあそべる場所はありました。それは道路でした。

「ちびっこひろば」といって特別の場所をきめる必要はありませんでした。どこの家のまえの道路も子どものあそび場でした。

ふつうの家庭の子どもは、学校から帰ってくると、カバンをほうりだして道路であそびました。道路をとおる車といえば、商家の丁稚《でっち》さんのひいてくる、反物のはいったボテをのせた「丁稚車」か、近郊の百姓さんが牛にひかせてくる肥《こ》え車か、車軸の端に金属の輪がついていて、動くとチャリンチャリンと音のする馬にひかせた荷車ぐらいでした。

自転車は子どもがあそんでいると、よけて通ってくれました。

町のなかの道路は、子どもがからだを鍛える場所でありました。その運動場のうえに何と多様の子どもの遊戯がひろげられたことでしょう。

鍛冶屋《かじや》さんで買った「輪」という細い鉄棒を円形にして、ハンダづけした環には、さらに指輪ぐらいの小さな環が自由にうごくようにつけてあって、これをロシア文字のЧ形をした細い鉄棒で、たおれないように回転させて押していくのでした。

ふとい竹を、節に接して十センチぐらいの高さに切って、節の下のところで紐《ひも》を通したものを二個つくってはだしで節の上にのって、紐を両手であやつってこぼこぼと音をさせてあるくのもやりました。今の子も先年まで空カンでやっていましたが、もう道路が危険でみられなくなりました。

そのほか、竹馬、なわとび、「けった」、なぜそういったのかわかりませんが、「湯か茶か」という宝さがしあそび、「どんま」、「三角ベース」といくらでもありました。

道路からひっこんだ「ろうじ」がたくさんありましたが、「ろうじ」では鬼が目をつぶって両手をひろげて後退して相手をつかまえる「おしろんぼ」をやりました。また、学校から帰る先生にみられないように、メンコやカネメンやバイをやったのも「ろうじ」の奥でした。

道路は、ただからだを鍛えるだけのものではありません。そこで私たちは肉親以外の人間とつきあう法をまなびました。友だちと仲よくなる技術、ボスにいじめられない方法などです。それは肉親だけの家庭では教育できないものでした。

それればかりでありません。家のそとに一歩でれば、家庭から解放された自由な空間があることは、子どもにとって救いでした。どんなにひどく親にしかられても、家のそとにとびだしてしまえば、そこには友人とのたのしい世界があるのでした。

明治、大正のきびしいしつけは、この道路という逃げ場があったから可能なのだったと思います。

現在の子どもは、道路をすっかり車にうばわれてしまいました。おとなは、それをおぎなおうとして「ちびっ子ひろば」や児童公園をつくっています。だが、そこへの往復が危険なので、母親の護衛つきであそんでいます。これでは、以前に子どもがひろばで得たものをあたえられません。

子どもにひろばをあたえるということは、あき地だけつくればよいというものでないと思うのです。かつて道路があたえた自由をどうしてあたえるかをかんがえねばなりません。

（一九七二年 六四歳）

教師の天分、子どもの天分

私もその会員になっている、ある研究会で、昨年「自由保育」をやっている幼稚園の先生をまねいて話をきいた。その先生は四十歳ぐらいの女の人で、十年以上幼稚園でおしえているということだった。

「自由保育」というのは、全然カリキュラムをつくらないで、その日の子どもたちの動きに応じて、即興的に保育をするのである。

あたらしい学年がはじまって一、二カ月は何もおしえない。子どもたちの好きなようにさせておく。そのうちに子どもたちのなかから先生に何かやってくれという注文がでてきて紙芝居をはじめたり、歌をうたったりするようになる。

子どもたちが、うまくあそぶためには何かきまりをつくったほうがよくないかといいだして、規則みたいなものができてくる。それはトルストイがつくった自由学校とたいへんよく似ていた。

私たちは一時間半ばかり話をきいたのだが、その先生に完全に魅了された。はじめ口を開いたとき、ひどくガラガラ声の感じだったが、話がすすんでくると、それがまったく気にならなくなった。その人は、岐阜からきたのだが、飛騨《ひだ》の山の中の方言そのままで話をして、かざるということがなかった。

興がのってくると、手もからだも足も表現に参加した。子どもがしゃべるところは、子どもの声になって、子どもの調子になった。夏に先生が先にたって、プールへとびこむところなんか、その人が水着をきている感じで、まわりの子どもたちが歓声をあげているのがきこえるようだった。

子どもたちは、きっと毎日、この先生にあうのがたのしみで幼稚園に走ってくるに相違ない。その山の中の幼稚園に一度見学にいって知っているような気持ちにさえなった。

この人だから「自由保育」ができるんだ、と私は思った。教育というものは、そういうものだ。私はこの先生の話をききながら、五十年前の小学校の教室を思いだしていた。

京都の町中の古い商家ばかりのある区域の学校(1)で私は六年をすごした。おそらくその由緒のある学校は、明治二年に創立されて以来の伝統をまもっていたにちがいない。万事が古風であった。男の子は袴《はかま》でなしに丁稚さんとおなじに前かけをしめていた。私のクラスで袴をはいていくのは、画家の子であった菊池一雄さんと、能の家元だった金剛貞雄さんと、医者の子の私の三人だけだった。

ところが、五年生になったとき、まったく新しいタイプのわかい男の先生がやってきた。その先生は、師範学校であたらしい自由教育をならって卒業した人だった。私のクラスの担任になった。

クラスの授業がすっかりかわった。それは天変地異といった感じだった。いままでのごま塩頭の先生にみられなかった青年のエネルギーがあった。三段とびをホップ・ステップ・エンド・ジャンプという英語といっしょにおしえられた。先生の注文で跳び台だの、走り高とびの道具だのがそろった。何をやっても先生は、私たちに格段の差をつけた。

教室でおしえる声も大きかった。激してくると先生の目に涙が光るのがみえた。画は自由画になって髪を肩までたらした絵かきさんが評をしてくれた。「綴り方」は自由選題になった。先生は私たちの英雄だった。休み時間にも、先生をひきとめて職員室にいかさず、キャッチボールの仲間にした。

学校へいくのがたのしみだった。先生の顔をみると安心した。先生に声をかけてもらえなかった日は、さびしかった。クラス中がわきたった感じだった。いままで劣等生として申し送りされていた子どもが、蘇生したように教室で発表しはじめた。

先生が病気になられたことがあった。クラスの生徒が全部そろって、学校がすんでから祇園《ぎおん》神社(2)に祈願にいった。それは新聞にもでた。

岐阜の幼稚園の先生の話をきいていて、私はその女の先生のなかに、五十年前の私の先生に感じた人間の魅力をみつけた。

話がすむと、去年から保育園につとめだしたわかい保母さんたちが、いろいろと質問にたった。

「どうすれば子どもの集団を生き生きとさせることができますか」

「即興的にカリキュラムをきめるのには、どういう勉強が必要ですか」

「水あそびをおもしろくやるのにはどういう注意がいりますか」

質問にたいして、その先生は、いろいろに説明したが、説明は論理的でなく、どうどうまわりした。そうなると、ひどく恥ずかしそうな顔をして
「うまく、いえんで」

といって笑うのだった。

それはピカソに、どうかいたらハトはいちばん上手にかけるかという質問に、ピカソが肩をすくめているような恰好だった。

私は、その応答をそばでみていて実にたのしかった。私は、何年もまえから「カリキュラムの系統化」という研究に懐疑的だった。ある順序でおしえていけば、子どもは全面発達ができるというのだが、それがおとなのひとりよがりに思えてならなかった。

それはおしえるものと、おしえられるものとの人間関係をまったく無視して論じられている。

もし、ある「系統化プログラム」にしたがってやれば子どもの全面的発達が大量生産されるというのだったら、教師はいったい何なのか。伝達の機関とでもいったものか。

いったいどんなカリキュラムが、ここにいる岐阜の先生や五十年前の私の先生のような教師をつくりうるのか。

教育の研究をカリキュラムづくりにしてしまうのは、教育の儀式化だ。

教育が成功するのは、おしえる人間に人間としての魅力があって、それがおしえられるものを魅了した場合にかぎる。「カリキュラムの系統化」などといって、そのカリキュラムの系統でやったものと、そうでないものとを大量観察し、長年月の追跡調査で比較しもしないで、どうして、これがいちばんいいなどといえるか。

そういう不毛の研究と不毛の論争であけくれすることが、その人間を平板化し、魅力を失わせていくのだ。

教育でいちばんたいせつなことは、教師の人間に魅力をもたせることだ。教師のめいめいのもつ天分を生かすことだ。自分の天分を生かすことを知らないで、どうして子どもたちの天分をひきだせよう。

教師であって同時に女性である人は、男性の教師のもつことのできない魅力をもたねばならぬ。女であることによって男をぬきんでるのだ。しかし、現実は女であることによって、教師であると同時に女性である人は、何とたくさんの負担をもたねばならぬことか。

出産や育児が女性の教師に肉体的な負担をかけるだけではない。精神的な負担がある。男のなかには、教師である男をふくめて女をいちだん低くみる風習がまだぬけていない。

生徒たちにそれをみせることによって、日本の社会の現実を教育するつもりかもしれぬ。しかし、その不条理に挑戦する姿のなかに、生徒たちが先生の人間としての魅力を感じることだってあるはずだ。

不条理の一切に屈服し、定年まで女子事務員として安穏《あんのん》に暮らそうとする教師は、自分の天分だけでなく、生徒たちの天分をも埋めふさいでいるのだ。

（一九七〇年 六二歳）

子ども〝ものさし〟

親も教師も、子どもをりっぱな人間にしようとしている。

だが、どういう人間がりっぱかということになると、意見がわかれる。人間の理想像をえがくとなると、さしさわりのないようにということで、抽象的なものになってしまう。誠実とか、端正とか、寛容とか、忍耐とか、慈愛とかは、のぞましい資質ではあるが、そういうものをもった人間が目のまえにいるとしても、彼が現実のさしせまった問題をどうとくか、そこからでてこない。

現実のさしせまった問題に、はっきりした答えをだせる人間が理想像とすると、そういう人間は政治的人間であり、はたして、そういうタイプの人間が子どもがおとなになるころも、正解をだしつづけるかどうかあやしい。

将来においてどういう人間がりっぱかということは、おあずけにして、現在りっぱな子どもであってほしいと、たいていの親や教師はかんがえる。

そうなると、現在の親や教師のものさしで子どもをはかることになる。

親や教師のいうことをよくきくすなおな子であってほしい。

これをよみなさいといって親が買ってあたえた童話の本を熱心によんで「俗悪」なマンガ週刊誌など目もくれないような子であってほしい。

職員室の前まできたら走るのをやめて、ぬき足さし足で静かにあるいてくれるような規則をまもる子どもであってほしい。

そういう子どもは、親や教師の現在の期待をみたしている点では、りっぱな子どもだ。

だが、心のなかにものさしをもっているのは、おとなだけとかぎらない。子どもだって子どもなりにものさしを心にもっている。

自分のそとにおこってくる事件にたいして、どういうあてがい方をすれば、ものさしではかれるかは、ものさしの所有者だけが知っていることである。自分で自分のものさしを全然つかったことのない人間は、ものさしをもっていることすら忘れてしまう。

子どもにたいして、おとなのものさしではかったものだけをあてがって、子ども自身にものさしをつかう機会をあたえないのが、現在の教育だ。

朝おきてから寝るまで子どものそばにおとながつきっきりで、箸のあげおろしから、クツのぬぎ方までいちいち指図する。

散歩にでるときは親が手をつないで誘導する。児童公園の砂場でシャベルをもってトンネルをほっているときも、親がベンチからみている。

幼稚園にいくときは通園バスがむかえにくる。バスのなかですわる席を先生が指定する。園での「おあそび」はカリキュラムにかかれている筋書どおり、きまった指導法できまった目的にむかってすすめられる。

子どもは自分の心のものさしをつかうときがない。

小学校にいっても、中学にすすんでも、受験準備というおとなの設定した計画からはずれることは、ゆるされない。

おとなのものさしできまったことだけをまもった「りっぱ」な子どものなかから、名門校にすすむ人間がでてくる。

名門校をでた人間は、社会の「枢要な」地位につく。

それで親も教師も、自分の心のものさしの正しさが証明されたと思ってしまう。

おとなの心のものさしを子どもにおしつけることが教育だと信じてうたがわない。

だが社会の「枢要な」地位についた人は、はたしてりっぱな人間か。

彼らは転変のはげしいいまの社会に、うまく適応できるしなやかな政治をやっているだろうか。

世界の各地に「進出」して自分の心のものさしでだけかんがえて、その土地の人の心のものさしを無視していないか。

人間はめいめいが心のなかにものさしをもっていて、どの人間にも自分のものさしをつかう権利があることを、彼らは知らないのでないか。

それがおとなの教育の結果である。

おとなは〝しつけ〟や教育について、思いあがったかんがえをもっている。

おとなの心のものさしを子どもにおしつけることで、人間がつくれると思っている。

たしかに、おとなのものさしだけで人間はつくれる。しかしりっぱな人間はつくれない。

りっぱな人間は、自分のすることに責任をもっている。自分のすることに責任をもつためには、自分のものさしではかって、自分で設計せねばならぬ。

おとなのものさしによってしかうごかない子どもは、わるいことがあったら、みんな人のせいにする。なんでも人のせいにする人間はりっぱとはいえない。

りっぱな人間に子どもがなってくれることをのぞむなら、子どもに自分のものさしをつかう機会をあたえねばならない。

おとなは子どもにたいして、もっと謙譲でなければならぬ。

子どもの心にしかないものを、もっと大事にしなければならぬ。


（一九七四年 六六歳）

子どもの味覚

あかちゃんは二カ月になると目がみえる。耳はもっと早くからきこえる。一歳の子どもの視覚と聴覚とは、おとなとかわるところがない。小さい子だからといって、四角なものの角がとれてみえるわけでないし、ささやき声だからきこえないということはない。それどころか、怪獣をみて泣いたり、警笛の音におびえたりするところは、感覚がおとなのように理性の制御をうけず、それだけ純粋なのを思わせる。

こうかいてくると、たいていの読者はなっとくしてくださるだろう。ところが味覚にかんしては、小さい子の味覚はおとなとかわらないといっても信じてもらえないと思う。

偏食の矯正というようなことばが、白昼どうどうと通用しているばかりか、子どもの偏食をなおすにはどうすればよいかというような講習会さえひらかれている。

二ヵ月のあかちゃんが、天井からつりさげられたメリー・ゴーラウンドをみてよろこぶのに不思議がないように、六ヵ月のあかちゃんが離乳食としてあたえられるカボチャの煮付けを拒否しても何の不思議はない。

視力や聴力にくらべると、味の好ききらいは個人差がひどい。おそらく味の判定には嗅覚が手伝い、場合によっては視覚による色の好み、舌ざわりという触覚もはたらくからだろう。

好ききらいのひどいあかちゃんをみていると、箸でつまんで口に近づけたものを、口に入れるまえに手で押しのけることがよくある。色もきらい、においもいやなのだろう。

ミンチの肉などは、一度口にいれても、舌の上でころがしてみてはきだしてしまう。舌ざわりが不愉快なのだろう。

ビスケットはたべないというあかちゃんが、家で焼いた質のいい粉に、天然バターをいれたクッキーだと食べることがある。メリケン粉の質の判定ができると思うしかない。

味ききに個人差がおおいということは、おとなになっていて人生経験を若干つんでいても味にかんして音痴である人がいるのを意味する。

「こんなおいしいおさかな、どうしてたべないの」

とあかちゃんが焼魚をはきだしたのをみておこるお母さんのほうが、魚の鮮度を判別する能力にかけている場合だってあろう。

だいたい味のよくわかる子は、まぜたものを好まない。ごはんでも新米のたきたてだと、ごはんだけをたべる。ふりかけや漬物をのせてやったりすると、とってくれという。

よく「あかちゃんの偏食をなおす法」をかいた記事に、ほうれん草がきらいな子には、よくきざんでオムレツに入れてやれとか、ごもくめしにしてあたえるようにすすめているのがある。

そういうことをかく人は、ほんとうに味のわかる子に接したことがないのだろう。ほうれん草のほんとうにきらいな子は、どんなに小さくきざもうが、それがほうれん草であることを見分ける。ほうれん草がはいっているとわかれば、オムレツもごもくめしも手をつけない。ほうれん草はたべなくても、必要なものは何かでおぎなっているから不思議なものだ。

味がよくわかるということは、不便なこともおおいが、やはり天のあたえた特権である。うまかろうがまずかろうが、なんでもたべる子の知らぬ美味をたのしむ時をもてる。

不便なことというのは、偏食は矯正できると信じる親からたべたくないものを強制されること、味のいいものばかりあるわけでないから、たべものが限られてきて、その結果ふとらないので、病気と思われて医者につれていかれることだ。

やせていることは悪でないとする立場から私は偏食の権利をみとめるものである。おとなになって偏食がつづいても、兵隊にいって上官にどなられたり、しゅうとめにしかられたりすることがないのだから、自分の好きなものをたのしんでたべて生きればよい。

（一九七五年　六七歳）

学校ぎらい

よく学校ぎらいの子どもの相談をうける。赤ちゃんのとき私のところへ育児相談につれてきた子どもなので、お母さんが、こんどは教育相談にやってくるのである。

「診療をおやめになったことは存じていますが、たすけると思って」

といわれると、相手のことをよくおぼえているだけにことわれない。

学校ぎらいになる子どもは、赤ちゃんのときからおとなしい子である。私は診察室にめずらしいオモチャをたくさん入れた箱をおいていたので、それにどう反応するかで、子どもの気性がわかった。

もっともはじめから性格判断のためにオモチャをそなえたのではなかった。子どもがふだんとおなじに元気かどうかを診断するために、あるく人形だの、宇宙船だのをおいたのだった。

宇宙船の好きな子が、診察室にはいってくるなり、オモチャ箱にかけていって宇宙船をとりあげれば、その子はふだんとかわらない元気をもっていることが診断できた。勢よくオモチャをとりにいくようなら、熱があっても、お母さんがどんなに偏食をうったえても、たいした病気でないとわかってしまうのである。

ところが、おとなしい子どもは、

「好きなオモチャはどれ。かしてあげるからどれでもおとり」

といっても、お母さんの顔ばかりみていて、自分でとろうとしない。

そういう子は、たいていい小食だった。味覚が発達していて、まずいものはたべなかった。感情もデリケートで、孤児のでてくる童話などきかされると涙ぐんだ。

そういうおとなしい子どもが学校ぎらいになるのはよくわかる。

「給食はのこしてはいけません」

と先生にいわれると、みんなが食べおわったあと、ひとりでのどにつまらせつまらせ食べねばならぬのがつらいのだ。

「自分の思うことを、まちがってもいいから大きい声で発表しなさい」

といわれても、人をおしのけて何か主張することがいやなのだ。

先生からはぐずと思われ、友だちからは意気地なしといわれる毎日だと、学校へいく足がおもくなる。


だが私はそういう子が好きだ。そういう人を大事にしたい。代議士や校長にはならないにしても、平和で落ちついた、好みのいい家庭をつくることはまちがいない。（一九七〇年 六二歳）

臆病なインテリ

去年の暮れからかかっていた仕事をやっとしあげた。百枚ばかりのものだが、準備に手間どった。かきはじめると十日ほどですんでしまった。

自分の青年時代をとりこにした左翼の思想とは何であったかという反省である。結論としていえば、それは信仰だった。宗教は阿片《あへん》だといいながら、自分はプロレタリアという神様を信じていた。いまの汚れた社会をぶっつぶして、理想社会をつくってくれる神様だ。

もともとプロレタリアでない医学生だったから、いつも自分のことを臆病《おくびょう》なインテリとして卑下していた。だが、左翼の思想が、プロレタリア信仰だったということになると、臆病なインテリであったことに、そんなに劣等感をもたなくていい。

インテリというのは、臆病なものなのだ。むしろ臆病であることが、インテリの資格なのだといいたいくらいだ。

小児科医としてたくさんの幼児をみてきたが、三歳ぐらいで本をよんでいるような子は、みんな臆病な子だ。

ほかの子どもが、木にのぼったり、二輪車でスピード競争をやっているとき、家のなかで絵本や童話をよんでいる幼児。

テレビをみても、ウルトラマンや怪獣がこわくて、ハイジやオバQをみている幼児。

そういう子に、えてしてありがちなぜんそくが、彼らを家の中にとじこめて「勉学」の機会を提供することがおおいにしても、早くから本をよんでいる幼児と、ひまさえあれば家のそとにでてとびまわる幼児と、あきらかにちがう。それは、しつけではどうにもならないことだ。どんなしつけも、すでにからだのなかにくみこまれている染色体の配列をかえることはできない。

四十年前に臆病なインテリであった私は、その間にさまざまの「教育」をうけたが、いまも臆病なインテリであることに、かわりはない。

教育は三歳からではおそいとか、脳の細胞の完成する以前の幼児期に教育しないといけないとか、やかましいことだが、私はそういう教育を信じない。

教育というものは、つけくわえることでなくて、すでにあるものを発掘することでしかない。幼児のなかにある原鉱を発掘し、精錬することが教育だ。

大量生産された「指導テキスト」が、そういう仕事をしてくれるとは思えない。「聖職意識」をもとうが「宣誓」をしようが、それで教育者になれるとは思えない。幼児のなかにあるものを尊重する敬虔ともいうべき態度がなくてはならぬだろう。

臆病なインテリは、臆病なインテリなりに、使い道のあるものだという実感から、私はそう信じている。

（一九七四年　六六歳）

左利きの人権を

関西のある新聞に「系統筆順法」というのをやっている小学校の紹介がでていた。子どもたちに字をかかせてみて、筆順のまちがいやすい字の統計をとった。このなかから六三五字をえらびだし、各学年にわりあてて、一年生は三二字、二年生は六五字というふうにして、おしえる。さらに基本として、特定の字をえらびだし、その筆順を基本にしておぼえさせる。これを「系統筆順法」というのだそうだ。

先生の話によると「黒板に字を書かせてみるとわかるのですが、出来あがりは同じでも子どもひとりひとり違った筆順なんですよ。これは大きな問題だということで筆順教育と取組むことになった」そうだ。

子どもがめいめいの流儀でかいても、「出来あがりは同じ」だったら、字としての機能は完全にはたしている。どこが「大きな問題」なのだろうかと思って、何度もその記事をよんだ。そして、記者がさいしょのところにかいた次のくだりしか「大きな問題」はみつからなかった。「字さえ間違っていなければ、筆順なんかどうでもいいじゃないか。こんな考えもあるが、結局これが漢字の軽視、国語のみだれにつながってくる」

漢字の軽視とは何か。漢字の制限ということは軽視ではない。子どもたちに不必要な労力を払わせるまい、もっと精神の栄養になることを覚えさせたいと、日常に不便のない程度に、しちむずかしい漢字を制限しようというのは、漢字の現代的な意味を重視しているからにほかならない。

間違っていない字でかかれた文章が、どうして国語のみだれにつながるか。

私は字のかき方を復古精神とむすびつけることは、教育者としては犯罪にちかいと思う。

字は、私たちの文明人の生活のなかでは、記号にすぎない。記号は誰にもわかる、誰でもつかえるという条件さえみたせば、十分である。文明は字のかき方を無視することによって進んだ。日本語がアルファベットほどタイプライターにのらないことが、私たちの文明のスピードを何ほどかおとしている。

私は文明の立場からだけ字のかき方を問題にするのでない。それを教育の問題としてとりあげたいのだ。

人間のなかには、一〇〇人に五人か六人の割に左利きがいる。ところが、字は右利きに都合のいいようにできている。左利きの人は、そこでは多数決にしたがわねばならぬ。だが、記号としての字を、左利きは、左手ではかいてはならぬということになると、それは左利きの基本的人権にふれてくる。

左利きの子どもは、ほうっておけば、左手で字をかく。そのほうがかきいいからである。げんに、欧米の人間は左利きは左手で字をかいている。映画やテレビでよく左手でかいている人をみかける。左手のほうがかきいい人は、左手でかく。それは当然のことだ。

ところが、日本では小学校にいくと、先生は右手でかくように「指導」する。黒板に白墨でかいたり、ボールペンでかいたりしたのでは、右手でかこうが、左手でかこうが「出来あがり」はおなじなのに、どうして学校では右手でかくように「きょう正」するのか。それは、いままで、自由な学科であるにせよ習字があるからだ。これには、左手でかくお手本がない。

それに、字は右手でかかねばいけないという固定観念があって、左手でかいているのをみると、違和感があるようだ。

私が、左利きを右利きに「きょう正」することに反対なのは、幼児の自由教育が、まさに字を右手でかくというところで、壁にぶつかるからだ。

右利きか左利きかは、先天的にきまっているものである。母親がぼんやりしていて、赤ん坊が左手ばかりつかうのを見のがしていたから左利きになってしまったというようなものでない。

赤ん坊は一〇ヵ月をすぎると、左利きはガラガラを左手でふる。

手が自由につかえることは、子どもにとってはじめての創造のよろこびだ。左利きだろうが、右利きだろうが、手をつかいだしたときは、これを鼓舞してやらねばならぬ。

スプーンをもつときも、左利きの子は左手でもつ。左手でもってひとりでたべられれば、その自主性を尊重したい。一歳半で左手でひとりでたべられたら、二歳半で右手でやっとひとりでたべられるよりもいいことだ。

絵をかきだした子が、左手でうまくかけるのなら、絵がかけるということを大事にしてやりたい。右手でうまくかけないで、途中でほうりだしてしまうのは、子どもの表現意欲をそれだけそいでいることになる。

右利きの作法を左利きの子にしつけるのは、左利きの子にとって相当の精神的な負担である。そのためにどもりになったり、夜尿をおこしたりするのをみてもわかる。

子どもの創造性を尊重するのを自由教育とすれば、自由教育では左利きをなおさない。それで、左利きの子どもは、いじけずに左利きであることを意識せずに、そだつ。

ところが、この自由教育がストップを命じられるのは、学校へいくまえである。字だけは右手でかかないといけないというので、どんな自由主義者の両親も、右手で字をかくけいこを子どもにさせる。

左利きを右利きにするしつけなどというのは西欧の育児にはない。スポックさんの本にも、Better Homes & Gardens のベビーブック[1]にもそんな項目はない。

なぜ日本の子どもだけが、左利きのままで学校へいけないのか。なぜ、左手で字をかいてはいけないのか。

これは、日本の教師が怠慢だったのだ。幼児の教育と学校教育とのつながりなど思ってもみなかったからだ。

戦後二〇年の民主教育のなかで左利きの子どもの基本的人権をかんがえる教師がいなかったのだ。自分が左利きであっても、右手がきに「きょう正」できたことに誇りをもっていたのだろう。

左利きの人が右がきになっても、ほんとうに技術や力を必要とするときは左手になる。画家も彫刻家も左手でやっている。速記者も左手でやっている。

左利きの人が左手で字をかくのには、特別の筆順があっていいだろう。それをこの二〇年にやっておくべきだった。左利きの子は左利きのままで入学しなさい。左手で字がかけるようにしますというのが教師のなすべきことであった。

それをやっていれば、いまごろ教育課程審議会も、習字を必須にするなどという答申は、時代錯誤でだせなかったろうし、新聞も「系統筆順法」など記事にしなかったろう。

（一九六八年　六〇歳）

人民のことばを

ことばちゅうもんは、大事なもんや。字《じい》よりずっと大事や。字はな、生きとらへん。ことばは生きとる。言《ゆ》うてるあいだだけのもんや。すんでしもたらしまいや。異人のことばで言うたら、コミュニケーションちゅうもんや。字はコミュニケーションのカスや。昔な、百姓やら町人で字知らんもん、ようけおった。字知らんけど、ちゃーんと生きとった。字のいらん生活しとった。それがほんまの言語生活や。

字ちゅうもんは、支配たらいうもんと、ひっついとる。そら、学者は字が要るやろ。そやけど、学者が字、勉強しよんの商売や。字知らな本読めへんしな。

町人やら百姓はちがうわ。支配てなもんなかったら字要らへん。殿さんやら代官やらが、支配せんならんさかい、字おぼえさしよるにゃ。

高札たらいうもん立てといて、あれしたらいかん、これしたらいかんいう御触《おふれ》だしよる。百姓やら町人が字知らなんだら読めへん。支配がうまいこといかん。そいで、百姓やら町人に字おぼえさしよんね。

江戸時代に日本にたんと寺小屋があって、百姓やら町人やら字なろとった。よう教育いきとどいとったゆうて自慢しとる人あるけど、そら江戸の幕藩体制たらいうもん、よう支配しとったちゅうこっちゃ。

明治の御一新で、支配しよるやつのいちばん先しよったんは、学校たてたこっちゃ。あれ何にも、人民のためやあらへん。薩長の支配がいきとどくよう、みんなに字おぼえさしよっただけや。

役人がいろんな命令だしたり、人民に届出さしたりするちゅうのは、みんな支配や。

支配ちゅうもんは、つよいもんが、よわいもんおさえつけるこっちゃ。「こうせえ」ちいよんの「へえ」ちゅうてきかんならん。ゆうことききかんやつ、巡査につかまえさしよる。上から言うだけで、下からは何も言えへん。コミュニケーションちゅうのは、両方でやりとりするこっちゃ。上から言うだけやさかい字でええにゃ。言語で、百姓やら町人にわからそ思たら、百姓や町人のことばつかわんならん。大阪の町人に朋友を殴打してはいけないてなことゆうたかてわからん。つれどついたらいかんいわんならん。

明治の役人の支配は上から押しつけや。そやさかい、字を学校でおせるだけやあらへん、役人のことば、おぼえさしよったんや。いままでたんといよった殿さんとちごて、薩長の政府一本やさかい、ことばも一本にせんならん。そいで、江戸のことばと長州のサムライのことば、ごちゃまぜにしよって、標準語やゆうておせよったんや。

標準語ちゅうのはつよい。日本中の巡査がこれつこて、仲間同士コミュニケーションやりよる。これには勝てん。学校の先生かて精出《せえだい》おせはる。

支配にはええわ。そやけど、人民は損したなあ。標準語でしゃべれへん。お役人のまえ出たら、うまいこといえへん。それも勘定にはいったんにゃ。役人はあんじょうしゃべるのに、人民はもの言うたんび、つかえとる。見てたら、役人がかしこで、人民がアホみたいや。コンプレックスで人民ちぢかみよる。

人民同士はなしするとき、誰も標準語つかわへん、地《じい》のことばしかいわへん。そやけど、人民のなかから、えろなりよるやつは、人民のことばつかいよらへん。役人になったら、みな標準語や。うえの学校いって学問しよるやつも標準語や。

学者が論文たら、評論たらかいたら、みな標準語や。

そやけど、標準語ちゅうもんは支配するのにええようにこしらえた人造語や。誰かて、標準語ばっかりで話しとらへん。腹わって話しするとき、地のことばつことる。

人民の生活の芯は標準語とちがう。そやさかい、評論かて標準語でかいたら、そら、もう様子しとんにゃ。ほんまの気持とちがう。ほんまに思てること、標準語でいえへんとこあんにゃ。人間同士のコミュニケーションちゅうもんは言語や。字とちがう。

そやけど、評論たら、エッセイたらゆうもん誰も、地のことばでかきよらへん。お役人みたいな口のききよせないかん思とるにゃ。

そら地のことばばっかりやったら通じんとこあるやろ。そやけど、ほんまのこと言お思たら地のことばやないといえんとこある。こんだけ方言の研究すすんどんにゃし、誰ぞ「そらほんまや」思た人、訳さはったらええにゃ。

小説やらドラマやらは、みな地のことばつことる。ほんまのこといいたいさかいや。評論が小説よりおもろないのは、標準語で、気取ってものゆうとるさかいや。どだい、標準語が支配の道具やちゅうことみな忘れとる。

文化遺産の保護やたら史蹟の保存やたらゆうとるけど、地のことばないよにしてどうすんにゃ。こっちは生きとって死にかけとる。あっちゃはもう死んどる。どっちが大事やわからんかいな。

地のことばでかいた教科書、こしらえんとあかん。副読本でもええ。なんせ、ないよになってしまわんようにせんとあかん。これ、いそがなあかん。

テレビが日本のことば、むちゃくちゃにしとる。あんなことばつこてたら、タレントのかんがえることしか、かんがえられん人間になるわ。金もらえるにゃったら何でもしたるちゅう人間ばっかしで、どないなんにゃ。

学校のホームルームちゅうのあるけど、あれつかうにゃな。ホームルームで標準語つこたらいかんちゅうことにするにゃな。地のことば知らん先生かてあるやろ。ほたら、六十か七十の地の年よりにきてもろて、地のことばでものゆうてもろたらええ。テープにもとっとくにゃ。FMちゅうもん、だんだん、あちこちにでけるさかい、そこで地のことばつかう時間きめるにゃ。コマーシャルでも、地の店のもんは地のことばでやったらええ。京都の近畿放送やら、もうやってるわ。

公害反対の市民運動のビラやら、地のことばつこたらええ。よそもんがきよって、政治運動やっとんのちがうゆうことようわかるやろ。

地方自治たらゆうけど、中央政府の配給政治や。あれかて、地方の役所は地のことばしかつかわんちゅうことにしたらええ。標準語でゆうとんの、上から押しつけよったんやゆうことわかってええ。

標準語は明治の役人がつくりよった支配のことば。地のことばは人民のことば。これ忘れたらあかん。それ教えんさかい集団就職で東京へいった子《こ》ら、コンプレックスもちよんにゃ。方言いかんゆう先生、非行の手伝《てったい》しとんにゃ。

（一九七一年 六三歳）

寛容な教育

子どものころを思いおこしてみると、正月のたのしさのひとつは、おとなたちの寛容であった。

いつもは、子どもはお金をもってはいけないという親が、お年玉といって紙幣を袋にいれてわたしてくれた。

お隣のこわいおじいさんもにこにこしていた。学校の式にいけば、先生がたは、こちらの去年のいたずらを忘れてくださったようなお顔だった。帰りには、紅白のおまんじゅうか、ミカンかを出口で、ながい袖の着物をきた女の先生がわたしてくださった。

世界中のおとなが、子どもにたいして、あれほど寛容であったことは、正月以外なかった。

子どものときの正月に、希望があったのは、式の校長先生のお話に感動したためではなく、おとなたちがゆく手を妨げることをしなかったためのように思う。

なんでもできそうな気がした。一生つづけられそうな気持ちで日記もつけた。

その計が十日とつづかなかったことは、もちろん、子どもの怠慢にも帰すべきであるが、おとなたちの旧態への逆もどりが、子どもの希望を失わせたということもあったように思う。

寛容ばかりで、子どもを教育することはできないだろう。子どもの怠慢をふせぐには、子どもに課題をあたえて、それをやり通すようにさせなければならない。

しかし、子どもに希望をもたせるためには、寛容が基調として必要であると思う。その点では学校の教育も、家庭の教育もおなじことだろう。

だが、寛容というのは、何をしてもしからないということではない。また、学校教育に、どこでもあてはまる寛容教育、家庭教育に共通した寛容的しつけというものはない。

教育というものは、個性がそだつのをたすけることだから、それぞれの子どもに適した、子どもの数だけの寛容な教育としつけとがあるわけだ。

算数と国語とはよく理解するが、体育だけはどうしても、うまくなれない子にたいして、先生は、体育にかんして寛容であってほしい。へたな跳躍しかできない子を、この子は体育に不熱心だときめつけないで、何かできることがあるさ、という目でゆっくりながめていると、その子が案外ピンポンはうまいというようなことがみつかるかもしれない。

子どもは自分の不得手なところは、よく知っているものだ。それを先生からいわれると、もう自分はだめなんだという決定を子どもが、自分にたいしてする。寛容というのは、子どもが自分自身にたいして早まった決定をさせないことといってもいい。

親もまた寛容でないために、子どもの学習意欲をつみとってしまうことがある。子どもが、親の熱意に動かされるにちがいないと思うのはまちがっている。しかりつければ、恐れて、勉強するようになると思ってはいけない。

子どもが、怠慢にみえるとき、それを子どもの全人格の姿であると思わず、どんな学科で、またどんな課題で、子どもがいやになっているのかを見きわめることだ。

おまえのような人間はだめだ、というしかり方を、ピアノがきらいなのにピアノのけいこにやらされている子に、してはならない。人間は、無限の能力の宝庫であって、ひとつの能力のたりなさによって、未来がとざされるものでないという信念こそ教育の根本だ。

子どもにたいして寛容であるだけでなく、先生は親にたいし親は先生にたいし、子どもの教育にかんして寛容でなければならない。ことに先生は自分の子の「欠点」について寛容である親を、身勝手な人間と思わないでほしい。

（一九七二年 六四歳）

道徳について

1

道徳については、ひどく誤解があるようだ。いまの日本の社会が混乱しているのは、戦前のように学校で道徳をおしえなくなったからだと思っている人がたくさんある。

だが、いまの社会にいろいろ戦前になかったいやなものがでてきたのは、人間が行儀がわるくなったためとばかりいえない。

地下鉄が混雑するのは、大都市に人口が集中したためであり、大気がよごれるのは自動車が増加したためであり、川の水がよごれるのは服地の模様が多様化したり、新聞や週刊誌の用紙がたくさんいるようになったりして染色や製紙がさかんになったためである。戦後の便利でゆたかな生活の代価だと思わねばならない。

学校で道徳をおしえなくなったことは、他人さまとのつきあいの仕方を、おかみでとやかくいわなくなったことである。何を善とし、何を悪とするかは、ひとりひとりの人間が、自分の責任できめればよいというのだ。

私たちの日々の生き方が、私たち自身にまかされたことで、それは市民の自由がひろがったということである。何から何まで法律や宗教できめ、それでも足りないところを、道徳教育でコントロールしようというのは、明治の役人のかんがえ方だ。

修身教科書というような形での道徳教育がなくなったことを、私たちは大損害だと思うべきでなかろう。むしろ、責任はふえたけれども、自分の生き方は自分らしく自分できめられるようになったことをよろこぶべきだ。

道徳は、すでに確定したルールで、人間が道徳的かどうかは、その既存のルールにあうかあわないかだと思うのはまちがっている。

善をえらぶという生き方は、学問や芸術とおなじに、創造的ないとなみなのだ。市民の日常の生活が、そのままひとりひとりの道徳を問うているのだ。たいへんしんどいことだ。だから、このしんどさをのがれようとして、戦前の修身教科書によりかかってさえいればよかった安易さをなつかしく思ったりするのだ。

道徳とは何かと開きなおってきかれると、学者たちの不満をかわぬようにこたえることはむずかしいが、人間を善にかりたてる内部的な圧力とでもいえようか。

善をしないと罰するとか、しかりつけるとかいうのは、外部からの圧力だから、これは道徳とはいえない。政府のだす法律だとか、宗教団体がつくっている規則だとかは、外部からの圧力だが、それをよく心得て、人民や信者が自己規制して、法律や戒律にふれまいとすると、それも内部的な圧力だから、一見道徳のようになる。

だが、それが道徳でないのは、善を自分でえらびとっていないからである。道徳の根本には、自分でこれが善だとえらぶ自由がないといけない。

戦前の軍隊のように、勤務中には自分でえらべるものが、まったくないところでは、兵隊は道徳的でありえなかった。上官のきめた規則にあうか、あわないかというだけが、その生活だった。

上官に気にいられようとして、上官のきめたことを率先してやる兵隊もいた。そういう兵隊は上官から気にいられた。上官からみれば、命令しないでもよいことを進んでやるのだから、善良な人間にみえたであろう。

しかし、そういう兵隊が、戦場で、上官の統制がきかなくなると、相手国の人民にむちゃくちゃなことをしたことはよくしられている。善とは何かを、自分でえらんだことがないから、内部的に動物的な圧力がおこってくると、チェックするものがない。

内地の兵舎では、進んでよいことをしたように見えたが、その圧力は自分から発したものでなく、そとからの圧力を、恐怖心とか、名誉心とかで、まるで内部から発したように、Uターンさせただけだった。

戦前から生きている人で、いま、道徳がなくなった、道徳をつくらねばいけないと大声でいっている人は、自分で善をえらんだことのなかった人にちがいない。自由というものを全然知らずにそだった人は、何が善であるかを、自分でえらぶことを知らない。ほかの人間がきめた善にむかって、ほかからきた圧力をUターンさせて、自発的にやっているような気持で「善行にいそしんだ」人は、そとの圧力がなくなると停電状態になってしまう。

戦前に反逆者とされた人のなかには、いまの常識でかんがえると、善にむかって生きた人がたくさんいる。

一夫多妻制に反対したキリスト者は、一夫一婦のほうが家庭は平和にいくとかんがえて、一夫一婦を善としたのだった。

渡良瀬川に流れこむ足尾銅山の鉱毒が、沿岸の農作地帯を不毛にしていることに腹をたてて、農民を反対運動に組織した田中正造や木下尚江[1]などは、公害にたいして人民をまもるのを善としたのだった。

そういう反逆者たちは、何が善か何が悪かを一般の人間がえらべることをのぞんだ。えらぶことのできる自由を一般の人間がもつべきだとした。そのことが、人民に自由をあたえまいとした政府の方針にあわなかったので、政府とその御用新聞から、反逆者とされたのだった。政府が人民に自由をあたえたくなかったのは、政府のやっていた「富国強兵」は、何が何でも上からの命令で押しつけなければできなかったからだ。人民が自由意志で、あの政策はよろしい、この政策はよろしくないなどいいだしたら、戦争なんかやれっこない。

2

善が何であるかを知らない子どもでも、よい人を感じることはできる。善についての思想があって、それをおこなうことで善人ができるのでない。善人が先にいて、それから善の思想がつくられたのだ。

すべての人間が生まれつき善か悪かは問題だ。しかし、生まれつき善良な人がいることはまちがいない。恥ずかしがりやで、ひかえめで、骨身を惜しまないで、人を疑うことをしないで、偏愛をもたない人物、そういう人はたしかにいる。

しかし、現実の世界では、その人のもつ寛容と自己犠牲と人間信頼が、いつもその人の生存競争にマイナスにはたらいて、その人を社会のすみっこに追いやっている。

善はほろび、悪はさかえる。この不条理にであうとき、人は二つの反応をしめす。ひとつは、この不条理な世界を、善はさかえ、悪はほろびる世界にかえたいと願う。もうひとつは、そんなしんどいことはやめておこうという態度だ。

善人ばかりの世界にしようという殊勝な心をおこしても、そうかんたんにはいかない。現実の世界には、実力をそなえた権力者がいて、気ままなことをする。気ままな支配があまりひどくなると、人民は立ちあがって権力者を追っぱらうこともある。しかし、それは飢饉だとか、戦争だとかがあって権力者の支配がぐらついた非常事態のときにかぎる。そういうごたごたにつけこんでのことだから、以前の気ままな支配者をたおしたあと、どういう秩序にすればいいかを、みんなで相談するだけの落ちついた場がない。

たいていは、悪知恵のはたらく人間、腕っぷしのつよい人間、ボス的能力のすぐれた人間が、あたらしい権力者におさまってしまう。そして以前と大してかわらない不条理の世界がつくられる。

そこで善人の世界をつくろうとする積極的な人間のすることは、孔子のようになるか、キリストのようになるかである。

善人である自分が、支配者の座にすわって、「仁政」をしけば、悪人をなくすることができる。「仁政」というのは、暴力によって強制するのでなく、道徳をおしえて、人民の自発によって善をおこなわせることである。それには支配者みずからが、寛容と自己犠牲と信頼を人民にしめさなければならない。

しかし、この善人である支配者の善が、人民のなかにまんべんなく配給されるためには、ひとつのネットワークが必要である。このネットワークが秩序である。「仁政」という考え方は、どうしても秩序尊重にならなければならぬ。

人民の自発性をこの秩序とむすびつけるためには、人民のなかにある自発的なものをさがしださないといけない。

人民が、よそから命令されないで、寛容と自己犠牲と信頼をおこなっているところがあるだろうか。

ある。それは親と子という肉親の連帯のなかにある。

他人であればがまんできないような行動でも、親は、わが子であればがまんする。子もまた親の無理をきく。子どものために親は生活の苦難にたえる。親の危険を救うために、子はおのれの危険をかえりみない。親は子を信じ、子は親を信じる。

この親子のなかにある連帯を、上からきめた秩序のなかに吸いあげるのが、孔子や孟子のかんがえ方であった。秩序が上から下へ道徳をつたえる縦のネットワークだから、親にたいする子の絶対服従に、自発的な連帯がくみかえられて、「孝」ということになった。

また、この秩序の尊重が「礼」としておしえられた。秩序の再確認をなんべんもやって秩序を安定させるために、祭りが利用され、儀式によって順位の復習をすることになった。

孔子も孟子も権力者になるための悪知恵をもたなかったので、彼らの理想は実行されず、その思想だけがひろまった。

秩序の尊重をおしえる孔子のかんがえは、権力者たちには都合がよかった。おさめるものが善人であってはじめて「仁政」ができるようになっているネットワークを、彼らはもっぱら支配のために使った。人民の自発性を、善の横へのひろがりという連帯にもっていかせないで、上のものへの自発的服従だけを道徳としておしえた。

人民が「孝」や「礼」をうけいれたのは、大家族の親玉である家長が、支配の秩序を家のなかにもちこんで、自分の地位をかためることができたからである。貧しい人民が大家族のなかで、生活をある程度保障してもらえることが、底辺にいる人民にも「孝」や「礼」をうけいれさせた。

中国や日本で孔子の道徳が、支配の道徳としてながく通用したのは、こういう事情からである。

善人だけの世界をつくろうとした人がキリストや釈迦《しやか》になったのは、どこにでも通用する善人の理想像をつくろうとしたからである。かれらの弟子たちは、ひとりでも多くの人間にこのありがたい教えをつたえようとして、お説教のほかに、加持祈禱をやりはじめた。そうなるとりっぱな建物や荘厳な儀式があるほうが効果が大きいので、教えをひろめるため権力者にすがることになった。

権力者は自分の権力に箔《はく》をつけるため、寺院をたてたり、みずから儀式の主役になったりした。権力と宗教との癒着である。

善人ばかりの世界ができたらいいだろうとは思いながらも、自分の力ではどうにもならぬとわかった人間にとって、自分よりはるかに力のある、教団や権力者によって説かれる神の教えは、たよりになる。神の教えを身につけて、自分から進んで善をおこなう。

何が善であるかも、自分でえらばなくてもいい。善と悪との区別は聖典にかいてある。善人であることが、現実の生活でマイナスになっても、将来のことは神さまがひきうけてくださっている。職業的な求道者にならない俗人にとって、他力本願は、あまりしんどくない善への道である。

3

人民が、それぞれの立ち場から善をかんがえて自発的に秩序や権力に協力してくれると、権力者は政治がしやすくなる。

そこで、悪がしこい権力者のかんがえることはおなじだ。誰でもなっとくしそうな目標をきめて、これにむかって努力することが善である、と人民に宣伝する。何が善、何が悪と自分できめることができない人民は、善人であろうとして、この目標の実現に、進んで協力する。内部からの圧力で善にむかってかりたてられるような感じは、本人には善人になった気持を味わわせる。

権力者が、新規の大事業をやろうとするときは、こういう人民によくわかる共通目標を最高の善として宣伝することが多い。権力者は国家権力をにぎっているから、そういう共通目標は、たいてい国家とからませてある。

国の独立がおびやかされているから、国をつよくしなければいけないなどというのは、わかりやすい共通目標である。

スターリン[2]の「一国社会主義」などはいい例である。それまでのロシア帝国の道徳をくつがえし、宗教も否定したとなると、善悪の標準がない。そこで「一国社会主義」に協力するのが善、協力しないのが悪ときめてしまう。小学校はおろか、保育園の時代から、国家の目標をたたきこむ。

人民に国家目標を覚えこませると、人民の自発性によって秩序をまもらせ、よくはたらかせることはできる。だが、そのときそのとき、何をすれば「一国社会主義」のためになるかということは、一般の人民にはわからない。国を管理している役人だけが知っている。そうなると、役人のいうことをきくのが善ということになる。役人の親玉がスターリンだったから、スターリンの気に入らない人間は、みな悪人にされてしまう。

スターリンの命令で、たくさんの古参の革命家で、要職にあった人たちが粛清された。スターリンと政治的な意見がちがったからだ。裁判のとき、裁判官は被告に政治的な意見をいうことを禁じた。おまえたちは反対派ではない、おまえたちは悪人だといって口を封じた。おそろしいことだった。

わかりいいと思って、ソ連の例を先にひいたが、日本だって戦前はそれだったのだ。

「富国強兵」が国家の目的とされた。小学校のときから、忠実な軍人の行動が、善であるとして、修身教科書でおしえられた。明治政府の教育でいちばん巧妙であったのは、徳川時代の人民の道徳であった「孝」と、明治維新を指導したサムライの「忠」とをドッキングさせたことだった。

どんな家庭にも、寛容と自己犠牲と信頼が肉親のあいだにある。この善なるものを、自発的に「忠君」にまで延長させるのが、ドッキングの目的である。このなかの寛容を服従に入れかえるために、権力者たちは秩序を尊重する儒教を採用した。明治十五年二月、儒教主義的教育方針をつらぬくよう学制規則についての勅諭なるものがだされたあと、修身教科書はいっせいに衣替えをしたのだった。

ワシントンだのリンカーンだのの、西洋人の名前がきえて、日本と中国の忠臣、孝子の名だけが教科書にみられるようになった。

こうして「明治人間」がつくりあげられた。「明治人間」をつくったのは文部省だけではない。修身の教科書にかいてあることを善であると信じ、完全にではないにしても、それにむかって進んでいった善良な人びとのつくりだした環境が、そこでそだつ子どもを教育したのである。

そういう環境が一世紀近くもつづくと、それは風習となって根づく。たえず善をおこなおうと思って緊張するのはしんどいが、風習にしたがっていれば、それで善とみなされるということになると、それほど苦痛ではない。

文部省の儒教主義的な教育方針は、秩序の再確認である「礼」を日本人の生活のなかにふかくしみ通らせた。儀式の尊重がそれだ。それは戦後の今日もつづいている。結婚式、地鎮祭、開通式、竣工式など、商売とむすびついて儀式は実にさかんだ。儀式でおおぜい集まると、そこでは席次がいちばん大切だ。えらい人からえらくない人までの、整然たる階層の確認がおこなわれる。人間の平等がきめられた憲法をばかにするように、明治以来の秩序が、神官を証人にして浮びあがってくる。

二千五百年ぐらいまえにかかれたと思われる『中庸』(3)の第十九章の、

「宗廟《そうびょう》の礼は、昭穆《しょうぼく》を序する所以《ゆえん》なり。爵を序するは、貴賤を弁ずる所以なり。事を序するは、賢を弁ずる所以なり。旅酬《りょしゅう》に下《しも》、上《かみ》の為にするは、賤に逮《およ》ぶ所以なり。燕毛《えんもう》は歯《よわい》を序する所以なり」(大学・中庸 中国古典選・島田虔次)。

という祖先の霊を祭る儀式での、舞台のつくり方、席次のきめ方、幹事の腕のみせどころ、客のもてなし方、宴会でのならび方は、民主主義日本の今日、忠実に再現されている。

修身教科書はなくなっても、風習のなかで明治の道徳教育はまだつづいている。「明治人間」の、道徳についてのぬきがたいかんがえは、道徳は国家がおしえるものであり、国民はそのきめられたことを風習のようにまもるべきだということだ。

そこには、道徳的行為における人間の自由意志と、人間の創造とがまったくかんがえられていない。

4

たとえ権力者がきめた道徳であっても、その道徳を心から信じ、自分の本心からでたものとして、すすんでおこなうとき、その人間の独得のやり方があらわれる。それはひとつの創造である。

その人間の個性をあらわす創造は、芸術的な美しさと似てくる。上官に命令された事務をすすんで熱心におこない、一生あやまりをおかさなかった人間よりも、途中でミスをし、そのミスの責任を切腹してわびた人間のほうが、道徳的であるように思われる。その人間の死のえらび方の独創性によって、その行為が美しくみえるからである。

国が乱れて忠臣があらわれたり、家がかたむいて孝子があらわれたりするのは、既成の道徳である忠義や孝行をおこなうために、さまざまの創意をはたらかせる場がでてくるからである。幸福な家庭は一様に幸福であるといったようなところでは、殿様からほめられたり、修身の教科書にのせられるような独創的な孝行はできない。

ひとに目だつ独創的な忠義や孝行や貞節は、その動機を問われず、ただ、行為そのものの美しさによって称讃される。そこから、道徳というものを、まったく美的にかんがえる思想がでてくる。

権力者によってきめられた道徳によりかかり、その集積である風習にひたって、とにかく悪ではない日々を平凡におくっている人たちにくらべると、道徳のために自己犠牲をおそれなかった独創的な人たちが、きわだって美しくみえても不思議ではない。

だが、これは権力者にとって都合のいい思想であって、人民にとってはありがたくない。道徳的行為というものを、その結果が美しいか、美しくないかで判断されると、理性というか、論理というか、あたりまえのかんがえのはいりこむ席がなくなってしまう。

権力者が、これこそ善だといって宣伝したものが、はたしていいことなのだろうかと問うことができなくなる。ことに権力者がその善を支えるような法律をつくってしまうと、どんな悪法でも、法は法だというかんがえから、はたしてほんとうに善かとかんがえることがゆるされなくなる。人民は権力者のきめた善を、そのままうけとって、それをすすんで実現しよう、それが美しいことだと観念してしまう。

人民の協力を最大限に必要とする戦争などの場合、権力者は、善は美であるという思想を大いに宣伝する。戦争になると、画家、歌手、作家、俳優などが動員されるのは、そのためである。

相手の国の、みもしらぬ父や子を殺すのがいいかわるいかは問わない、ただ、自分がりっぱに死ぬことだけを善だと人民は思ってしまう。

善が創造的な行為であることはまちがいないが、それがごく最後の一部だけにかぎられることになる。

善は自由にえらぶ行為であるが、その自由がどんなに美しい最後をえらぶかというだけの自由になってしまう。

だが、そんな善はかたわの善だ。善は全体として自由な創造的な行為でなくてはならぬ。

これは善か悪かということを自分でえらぶところからはじまって、えらびとった善を自分らしいやり方で最後までやりとげることが、道徳的なのである。

道徳は美的感覚によっておこなうものだというかんがえには賛成できない。また、道徳には倫理的直感という特別のものがはたらくので、理性とか、理窟《りくつ》とかいうものとは別だ、というかんがえも正しいとは思わない。

道徳は、たしかに理窟だけではない。自分がこれは善だと思ったことを、すすんでやる決断もいるし、その結果にたいして責任をもつということが必要だ。だが、そういう決断や責任が自分のものであるのだから、それが自分にどこまでできるかを、はじめに十分に計算しなければならない。

いままでのいきさつをたずねたり、まわりの事情をしらべたり、自分のやることの結果をあらかじめ測定したり、仲間がどう考えているかを知ったりしなければならない。それは美的感覚や倫理的直感でなく、理性の仕事である。

自分と何の関係もない国の、自分とおなじように親や子をもっている人間に、砲弾をうちこんだり、爆弾をおとしたりして殺戮《さつりく》をおこなうことが、自分のいままでの生き方にふさわしいかどうか。国益などというけれども、はたして自分や仲間の日々の生活に、重大なものかどうか。自分の国の権力者たちは、よその国の権力者たちとどんな関係にあるのか。意味のない殺戮をやめさせるのには、自分はどうすればいいか。そういうことをすじ道をたててかんがえるのが理性である。

人民の教育の程度がひくくて、そんなことを自分の力でかんがえられない時代もあった。しかし、今日の日本のように、知識が少数の人間の特権でなくなった時代には、誰でもが理窟にあわないとかんがえることは、ほんとうに理窟にあわないことだ。少数のかしこい人間が、おろかな人民に「善政」をおこなう時代は去った。

5

いまの若いものは道徳を知らないということばはたしかにその通りである。だが、同時にいま若くないものも、いまの道徳を知らないのである。

権力者のつくった道徳、支配のための道徳はあったけれども、平等な権利をもった人間同士のあいだの道徳は、まだはっきりしていない。

道徳とは、人間と人間との関係をきめるものだ。支配するものと、支配されるものとのあいだをきめる道徳でなしに、ひとしく人権をもった人間と人間とのあいだをきめる道徳をこれからつくっていかなければならない。

社会の機構さえかえれば、道徳は自然にかわるというかんがえは無邪気にすぎる。どんな社会機構であっても、支配する人間と支配される人間がいるのでは、いままでの道徳とかわりがない。自分のいいたいことを、誰でも自由にいえるというのでないと、自分で善をえらぶことができない。他人の自由な意見をきいたうえ、善を自分でえらべないと、何でも自由にいえる権力者が善をおしつけてくる。

道徳は人間と人間の関係のなかでできるのだから、平等な人間のあたらしい関係をつくらねばならぬ。支配の関係でない、連帯の関係をつくらねばならぬ。

市民運動といわれるものは、あたらしい連帯、支配と被支配のない、平等の人間関係をつくりだしている。地域の風習からはなれたあたらしい、平等の人間関係が、ぞくぞくと生まれてきた。

団地に保育園をつくらせようとする運動、学童保育をやってもらおうとする運動、公害をやめさせようとする運動、ベトナムの戦争に反対のデモをする運動、みんなで集まって本をよむ会、主婦たちの集まってつくる同人雑誌の会、老後のことを計画しあう会、障害児の施設を手伝うヴォランティアの会、そういうところでいろんな事業がすすめられることはいいことだ。

だが、事業よりも、そこであたらしい連帯の道徳がつくられることのほうが大切だと思う。自分で、これはいいことだとえらんで、自分の意志でそれをやっていき、それに自分としての責任をもつ。そのなかから、何か共通したものがでてくるだろう。

上から命令されるのでないから、いろんなやり方がかんがえだされる。学校で教科書にのせたいような、画一的なルールがでてくるとは思えない。絵画の教科書がないように、道徳の教科書もないだろう。ひとりひとりの人間によって、善を実現していくやり方はちがうのだから。

道徳のもつ普遍性というものは、それではどうなるか。一つの国では道徳的であるものが他の国では非道徳であるというようなことのないようにするにはどうすればよいか。

道徳は時代と、場処とによってちがっていいものだ、道徳は相対的なもので普遍性なんてあるものか、というかんがえもないではない。だが道徳をひとりひとりが自由意志でえらんで、自分の責任でやるものとしたら、それに道徳の相対性を組みあわすと、道徳の普遍性は存在しないことになる。

しかし、そうではないだろう。道徳を平等な人間の連帯のなかにあるものとかんがえ、そのなかで、何を善としてえらぶかのはじまりが、理性の仕事であるとすれば、善をきめるところに普遍性がありうる。

みんなが、自由に自分の意見をのべて、誰がかんがえてもこうすることがいいということに一致すれば、それが普遍性であろう。

世界中のふつうの人間がかんがえて、こうするのがいいということに意見がきまれば、それは何が善かについての普遍的な判断ができたことになる。

人間を皮膚の色によって差別してはいけないとか、基本的人権は国籍によって差別してはいけないとか、核兵器をつくったり、保存したり使ったりしてはいけないとかいうことは、世界中どこへいっても、誰でも、理窟にあったことというだろう。

人間は理性によって、そういう一致に達することができると信じるほうが、人間のなかに善の芽が普遍的に配給されているとか、超越者の愛が普遍的に人間をつつんでいるとか信じるよりも、わかりやすい。安全でもある。

自分がえらび、自分の意志でやり、結果に責任をもつのなら、あえてそのことを善だとか道徳だとかいって、宣伝することはない。むしろ、善、悪ということをあまりいわぬほうがいい、納得ができるかどうかというほうがいい。

ことに国家にかんすることとか、政治のやり方にかんすることとかには、そうすべきだ。道徳が支配の道具であったときは、国家や政治にかんすることは、議論するまでもなく、善か悪かきまっているとされた。主権者についてとやかくいうことは不忠であり、おかみのいうことをきかないのは悪者であるということになっていた。道徳を支配の道具でなく、連帯の手段とするためには、国家や政治にかんすることを、善悪から解放して、なっとくできるかどうかを議論していいものとしなければならない。

それでも、ひとりひとりが善をえらぶのには何か目やすになるものがなければならない、そうでないと、エゴイストばかりでは一致ができないではないかという懸念があるかもしれない。しかし、道徳というものは、もともと連帯のためのものである。フライデーが上陸してくるまでのロビンソン・クルーソー(4)には道徳はありえない。

人間が誰しももっている連帯感の基礎には、家庭のなかでつくられる寛容、自己犠牲、信頼をかぞえることができる。どんな連帯をくむにしても、それを永つづきさせるためには、これらがなくてはならぬ。

寛容と自己犠牲と信頼とがあるからこそ、かならずしも裕福でなくても、家庭という集団の連帯は永続する。

戦前の家族は、この連帯を親子という上下の秩序のなかに組み入れていた。しかし、ほんとうに仲のいい家族では、秩序をこえて連帯がつよくはたらいていた。戦後の家族は、小家族になって、平等の夫と妻との集団になった。ここでこそ、ほんとうの連帯がくめる。平等の人間と人間とが、おたがいに寛容と自己犠牲と信頼をもって生きることを、子どもにおしえるのが、ほんとうの育児であろう。それをおしえられないでそだったら、平等の人間の連帯をくむ仕方を知らない人間になってしまう。その意味で、道徳の根源は家庭にあるといえよう。

（一九七一年 六三歳）

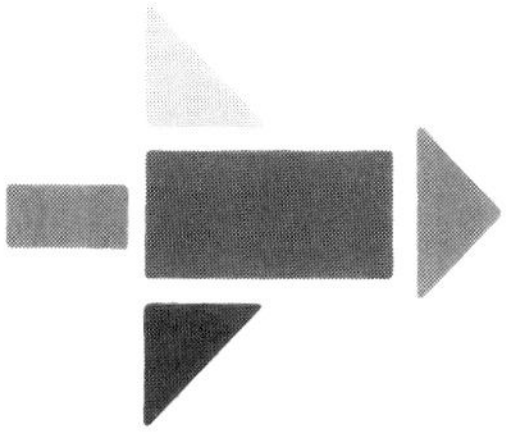

独立した個人として

子どもをそだてるとか、子どもをしつけるとかいうことは、ただ子どもを大きくする、おとなにするということではありません。

人間がめいめい独立した個人として生活するのがたてまえである近代社会では、子どもが、社会のなかで、ひとりだちして生きていけるようにすることが、育児あるいは教育の目的です。独立して生活できるということは、親が、いなくてもいいということです。それですから、親が子をそだてるのは、子どもにとって親を不要にするためだといっていいでしょう。

ところが、日本では戦争にまけて、占領軍の力で社会の構造がかえられるまで、国民は独立した個人ではありませんでした。

私たちは、みんなそれぞれの家にぞくし、家のために親の業をつぎ、家のために結婚をさせられたのでした。

めいめいが独立した個人として生活するようになったのは戦後のことです。

現在、子どもをそだてている母親は、ちょうど、この家から個人への境《さか》い目に生まれた人です。生まれたのは境い目ですが、教育されたのは、家中心にそだってきた明治、大正生まれの親によってです。それですから、現在の母親は、子どもを近代社会に送りこまねばならないが、自分には旧社会の風習や考え方がしみこんでいるという矛盾した存在です。

この矛盾がいろいろのところにあらわれてきます。子どもを早く自立させたいと思って、母親は、子どもをいつまでも甘えさせないために、二年保育または三年保育の幼稚園にいれます。幼稚園にいくようになって、お友だちのなかでもまれると、子どもは急に自立をします。いままで、ひとりで着られなかった服も着られるようになりますし、手洗いにもひとりでいけるようになります。

そういうのをみると、母親はたいへんよろこびます。手がかからなくなったという生活上の便利が、このよろこびをささえていることもあるでしょう。

しかし、子どもがもうすこし大きくなって、母親が買ってきた童話など見向きもしないで、マンガばかりみだすと母親はしぶい顔をします。さらに中学校にいくようになって、子どもが、いくらからだにわるいからおよしといってもきかないで、毎晩深夜放送にかじりつきはじめると、母親はため息をつくようになります。

もっと大きくなり高校にいくようになって、男の子は長髪にし、女の子はボーイフレンドをこさえ、それに母親が不服をいうと、お母さんは古いよとか、お母さんたちの生活の全否定のために生きているんだなどといわれると、いったい何のために今まで苦労してそだててきたんだろうと、なさけなくなります。

子どもの教育というものが、子どもを独立した個人として社会で生きられるようにするものであってみれば、長髪もボーイフレンドも造反も子どもの独立のしるしであり、個人の自由のあらわれです。

父親と母親とは、子どもの造反にたいして多少ちがった態度をとります。

「はなれちゃったものは仕方ないさ」

という態度を父親がとれるのは、いまの社会が男中心で、男は五十になっても、六十になっても、独立した個人としてたのしめるものをもっているからです。

母親が、そうかんたんに思いきれないのは、母親自身が人間として独立した個人になっていないからです。生活では夫におんぶした形になっているばかりか、万一夫に先《さ》きだたれたら、子どもに扶養されなければならないのが大部分です。

子どもが成長して、親からはなれていくほど、母親は不安になります。

母親にたいして「冷たくなる」ことをふせぐために、母親の本能的愛情でいつまでも自分につなぎとめておくことはできません。母親は生むときの苦しみを実感としてもっていますが、子どもは生まれたときを記憶していません。

道徳教育をしてもむだでしょう。世の中の道徳自身がかわってきた現在、旧道徳は道徳に必要な内発の力をもちません。

母親のこの矛盾をなくするには、母親自身が独立した個人として生活できるようにすることしかありません。

子どもが結婚して家から離れたあと、たのしく暮らしていけるものを身につけておくこと、子どもの世話にならずに生活できるような準備を、個人としても、社会制度としても、することと、それしかないでしょう。

（一九七二年　六四歳）

育児・祖父編

孫たちとあそぶのは、たのしいことであるが、苦労もある。彼らのはげしい動きに、こちらのからだがついていけない物理的な苦労だけではない。偏愛をつつしむ精神的な苦労もある。

こちらは差別したつもりでなくても差別になっていることがある。

会話のできるものと、まだできないものとがいっしょにやってくると、どうしても、はなしのできるものとばかりはなす。

そうなると下の子がおちつかなくなる。おもちゃをけとばしたり、活けてある花をねじまげたりする。

それが、上の子にたいするひがみからであったことがわかるまで、不覚にも時を要した。

先日も二歳の男の子に雑誌をみせて、動物や食品の名をいって、それがどこにでているかを指であてさせていた。

そのうち四歳の男の子が、いろはカルタを畳にまいて、字札をたどたどしくよんでは、一枚一枚絵札をひろいはじめた。

「よし、よんでやるから、おとり」

と字札を私がよみ、絵札をさがしているあいだに、下の子に絵をあてさせた。

十枚ばかりよんだところ、下の子は立ってカルタの上を走りぬけて、またもどってくる動作をはじめた。私を独占することがさまたげられたのに抗議しているのだ。

家のなかで平和がたもてなくなると、いつも道路をへだてた児童公園につれだして、舞台をかえるのが、こちらの手ぐちだ。

その日は日曜だったので、すべり台もブランコも大きい子に占領されていた。砂場も冬は、日かげになって砂がかたく冷たく魅力がない。

そういうとき最後の切札は二〇〇メートル先のおもちゃ屋さんだ。

「日曜だからお休みかもしれないよ」

と予防線をはっておいて、二人をつれてでた。
案の定、店はしまっていた。町をひとまわりして四つ角にきたとき、ホテルの建物が一〇〇メートル先にあるのをみて
「ホテルで買おう」
と上の子がいった。一階の名店コーナーにおもちゃがでていて、一度か二度買ったことがあったのを、おぼえていたのだ。
「だめだ。あすこは上等のしかない。おもちゃ屋さんなら二つ買えるが、ホテルでは一つしか買えない。それでいいか」
というと、上の子は私の顔をみつめて
「おじいちゃんお医者さんでしょ。お医者さんなら、それくらい買えるよ」
といいかえした。だめだと首を横にふると
「へんなお医者さん」
といった。それをきくと、やっとはなせるようになった下の子まで、へんなお医者さんとい

いだし、やがて二人は合唱するみたいに大声で、へんなお医者さんを連呼しはじめた。デモ隊にかこまれたような格好で、私はホテルに向かわねばならなかった。

（一九七五年 六七歳）

幼稚園

同居してくれている二女の上の娘が幼稚園にかよいはじめた。四〇〇メートルほどさきの公立幼稚園の二年保育の組にいれてもらえることになったのだ。もう一日生まれるのがおそかったら、来年まわしになるのだから、組でいちばん年少だ。

一家をあげて移ってきてから半年以上になるのだが、ひとりで外にだせないので友人がいない。母親がついてあそびにいく児童公園でいっしょにブランコにのる女の子がいるが、その子はまだ幼稚園にいけない。

毎日、結構たのしく暮らしているのだから、べつに幼稚園にいく必要もないと思いもするのだが、日ましにいうことをきかなくなるのをみると世の中には思う通りにならぬことがあるのを知らせてもやりたい。

なにしろ、いままで帰りのおそい父親とあそぶ時間をつくるために、一時すぎに寝つき、午前中は眠っているという生活をさせていたのだから、それからかえていかねばならない。下の女の子が、入園の前一週間おもい風疹でごたついてしまったので、就寝時間の調節のできぬままに、幼稚園がはじまってしまった。

おなじように宵っぱりになっている下の子を私が守りしているあいだに、母親が上の子を九時に寝かせるようにした。それでも、はじめ三、四日は九時から十時半まで母親とわかれて幼稚園で、ゆかちゃんという子とあそべた。

運わるく口内炎にかかって、熱もあり、舌の先がいたくてものが食べられず、四、五日休んでしまった。出ばなをくじかれたことになった。

「もう幼稚園はいかないの」

といっている子を母親がつれていこうとしたが、だめだった。受持ちの先生もわざわざみにきてくださったが、当人は泣いて会おうともしなかった。

やはりむりだ。成長すれば自然に克服できることを、そんなにいそぐことはないと思って、私は朝の紛争に知らん顔をしていた。もっとも、母親が上の子をつれていくとなると、紛争の騒音で目をさました九キロのあかんぼを抱いて、湿疹をかかさぬようにするのは、私の仕事だから無関係でない。家内は九キロの子を抱いて、湿疹をかこうとする手を押えることは、まだできない。

すこし猶予《ゆうよ》の日をおいて、頭がいたいとか、おなかがいたいとかいう子をつれて、先刻、二女が家をでた。どうなることかと、あかんぼを抱いてミルクをのませて待っていたところに、二女はひとりで帰ってきた。

「みちみち、ひとりごといってるの、おかあさん好き、おかあさん好きって。そして幼稚園のみえる角まできたとき、だまって涙ふいてるの」

幼稚園ぎらいは母親からの分離ができていないことであると、教科書にはかいてある。いま四歳の子は、せいいっぱい分離をこころみているところだ。

（一九七六年 六八歳）

自立

同居している孫娘が幼稚園にいきはじめて八カ月たった。いまさら月日のたつのがはやいのにがっかりするのだが、もっとはやいのが子どもの成長だ。

いちばん目だつのは自立してきたことだ。自立というのは子どもの立場からいうことだが、わたしたちおとなの側からすれば手におえなくなったということだ。幼稚園にいくまでは、「郵便局へいこうか」と原稿をポストにいれにいくときのお伴にさそうと、「いくいく」といって、立ちあがってきたのだが、このごろは絶対にいくといわない。きのうも郵便局へさそったが、

「郵便局なんかいかないよお。おもちゃ屋へいくっていうてもいかないよお」とあごをつきだしていった。これは意外だった。

だだをこねてどうにもおとなたちの統制がきかなくなったとき、おもちゃ屋へいこうとさそうことが私の切札のつもりでいた。リカちゃん人形だとか、エミリー先生だとか、テレビで広告される商品を、そのたびに買わされるので、私はかなりの被害感をもっていたのだった。

ところが彼女にしてみると、おもちゃ屋にさそわれて応じることは、郵便局にさそわれてついていくのとおなじに、私にたいする恩恵のつもりであったようだ。

そういえば、郵便局へいく道みち、いろんな車の名前、商店の商品の名前、家のまえにだしてある鉢植えの花の色などを彼女にたずね、それが正解であると私がうれしそうな顔をしたのを見ていたにちがいない。

おもちゃ屋で、かねてねらっていたリカちゃん人形を買ってもらうこともうれしかったろうが、いそがしそうにはたらいている町の人のなかで、孫の手をひいて小さな幸福にひたっている老人の姿は、彼女の目にもうれしそうに見えたのにちがいない。それは彼女に恩恵をあたえているという私の感じと、あまりちがわない感じを彼女にもたせたのだろう。

彼女の自立は、さいきん異様なことばづかいにもあらわれてきた。しないといっていたのが、してやらへんぞになり、たべるといっていたのが、たべるわいにかわった。対等よりもすこし下の相手にいう話し方である。

幼稚園で男の子にいばられるせいかと思っていたが、きょう二人の同性の幼稚園の友人があそびにきて、それが女の子のあいだの共通語であるのがわかった。彼女らのあそんでいる部屋に私が顔を出したとたん

「おじい、あっちいけ」

と一人の子にいわれた。娘の話によると登園のときおもてに迎えてくださっている先生には、ていねいな口をきくという。子どもたちは彼女らの共通語によって、自分たちだけの自立の世界の存在をあかししているのだ。

（一九七六年 六八歳）

死と生

家の前の児童公園のニセアカシアはどの木もすっかり紅葉し、風で八分通り落葉した。木の下のベンチは木蔭から、日なたぼっこの場所にかわりつつある。

この公園を目印にして、きのう神戸から若い友人がたずねてきた。十年に及ぶ療養の生活ののち、もとの職場にかえれたよろこびを知らせるためと、彼が療養中に訳したソ連の外交史の推薦文をとりにくるためとであった。彼と私とをむすびつけたのも私のかいた『ロシアの革命』[1]であり、彼が千ページ近い翻訳をする動機になったのも同じ本なのだから、ことわることはできなかった。

ゲラに目を通して二百字ほどの文章をかいてわたしたあと、雑談になった。彼は療養中に死の近くまでいったので、死と永生とのことをふかくかんがえていた。輪廻というようなものもありえないことでない気がするといった。

私に死と信仰の問題について思っていることをかいておいてほしいという注文をだした。医者はふつうの人間とちがって、たくさんの死をみているから、死をかたる資格があるだろうという。

信仰をもっている人の落ちついた「離陸」ぶりは知っているが、俗人の死は、それを数おおくみたからといってさとりが開けるようなものでない。若い人の死は残酷な別離であり、年とった病人の死は、やっときた救いだ。

死についてたくさんのことがかかれているが、どれも健康な人間の文章だ。少なくとも精神は健康だ。ほんとうに死がせまったら高見順みたいに強烈な精神は誰ももてない。

若い友人が帰ったあと、このごろ年をとってからだのよわる話はかくが、死についてかんがえていないことに気がついた。

そのわけは、幼いものといっしょに暮らしているからでないだろうか。一家の話題の中心が幼いものの成長のおもしろさにあつまる。

二週間ほどまえから二歳五カ月になった女の子は、家内が席をかえようと立ちあがるたびに、ねころんでミルクびんを吸っていたのもほうりだして、家内の前に背をむけて立ちはだかり、両脚を思いきりひろげる。おそらく以前に、五歳の姉が廊下で、何かの拍子に家内を通すまいとして、そういう恰好をしたのだろう。そのときの家内の反応のどこかがおもしろかったにちがいない。

通せんぼするたびにみんなが笑うので、よけいにはげまされているように感じるらしい。はじめ、笑っていてひどく叱りつけることをしなかったので、いまは娘がいけませんと制止しても、ききめがない。

わるいことをしている感じはなさそうだ。ひとりであそんでいるとき、お人形の両脚を開いて「おまたがさけますよ」といっている。こういうことに興味がむいているあいだは死をかんがえることはない。

（一九七七年 六九歳）

生きもののつらさ

私は日本海の砂浜に、はだかで横になって、沖の岩礁にまつわりつく白い波をみていた。まだ七月の上旬で海には誰もおよいでいなかった。時どき砂浜に影をよぎらせて、頭の上を数羽の鳶《とび》が舞っていた。午前の満潮の海はないでいて、波の単調な音がものうかった。

ふと、こういう風景が、四十年前にもあったことを思いだした。おなじ日本海であったが、越前ではなく石見《いわみ》の浜であった。誰もいない海岸でねそべっていたとき、私の頭上を舞っていたのは鳶であった。

褐色の大きな主翼、ふたつにわかれた尾翼、気流にのって安定した滑空、すべてが四十年前とまったくおなじだ。鳶は何年生きるのかしらないが、四十年のあいだには何代かかわったことだろう。石見の海岸では鳶は松の梢《こずえ》にとまったが、ここ越前の海岸では、漁港の組合の洋風の建築物の破風《はふ》(1)にとまる。おりたつ地上は変容したものの、青空に舞う鳶たちの姿はかわらない。

生きものが生きるというのは、かわらぬ姿で太陽に接するということではないか。親、子、孫と代はかわるだろう。しかし、いつの時代にも、太陽の下に種《しゅ》として存在しつづける。もし生きものに目的があるとしたら、種としての存在をつづけることであろう。

宇宙の存在に目的があるとは思えない。太陽のまわりを地球がまわりつづけるのは、さまざまの天体の動きによって、そのようにセットされたからにすぎぬ。地殻の変動も気象の推移にも目的があるとは思えない。

しかし生きものの存在には目的がある。存在そのものをつづける目的がある。もし目的がないとしたら、遺伝因子といわれる染色体のなかの核酸塩基の配列と、その無限にちかい組みあわせは、何の意味があろうか。

地球環境の変化のなかで、種のなかのどれかを生きのこらせ、その後裔《こうえい》をつづけさせるためにこそ、雌雄の染色体の交叉によって、核酸塩基の配列に無限の可能性を用意し、ひとつひとつことなる個をつくるのであろう。

生まれ、熟し、交配し、あらたな個体をつくり、つくったものたちは消えてゆく。生きものの生とは、そのくりかえしにすぎない。目的は太陽のてる地球に、いつもその種の代表が存在することである。

個人の偏差はこの生のサイクルを維持するために必要なのである。サイクルを完了した個は、その偏差がどのようなものであれ、種にとっては不用のものである。

たまたま人類では、生まれた個体が熟するまでに年月がかかり、保護が必要であるため、すでに不用になった個体が社会をつくって養育のいとなみをする。

この社会が人間の個の偏差を、生物の本来の目的とちがったものにむかわせる。個体の偏差としてあらわれた異様な狡知《こうち》や、抜群の体力は、環境の急変がないかぎり、生のサイクルにはあってもなくてもいいものである。しかし、社会においては、狡知や体力の異常な優越は、その所有者に都合のいい秩序をつくらせる。

男が男本位の社会をつくりあげたのは、男の体力が平均して女の体力にまさっていたという物理的な理由によったものであろう。生のサイクルをかんがえても、男のほうが性的に長命であることが、社会のなかの女の地位をひくくしたにちがいない。

男本位の社会ができあがってしまうと、狡知のある男の個体は、種を維持する目的で生まれ、やがて死ぬという単調な生のサイクル以外に何らかの目的をかんがえだすようになる。

生まれ、子をつくり、そして死ぬというだけでは、あまりにも意味がないではないかというわけだ。ここで栄達が人間の目的であるというフィクションがつくりだされる。生まれ、熟し、子をつくったら、その個体の地上に存在する意味はなくなるという生物的事実にたえられないのである。

人生は意味があるということをいいたいために栄達をめざす男本位の社会が儀式によってかためられる。どんな栄達も、個体が生物としてのサイクルをおえて、やがて死んで無に帰することをさまたげるものでないのに、あたかも個体が文化の伝統のなかで生きつづけるかのような幻想もつくられる。生きものとして用をおわった個体が生命をおえるまでのひまつぶしに、さまざまのいとなみがかんがえだされ、それが男本位の社会のなかに意味づけられる。この意味づけによって人類が他の生物とはちがうことが強調される。

そのために、生まれ、熟し、交配し、あらたな個体をつくり、それが不用になるという生物としての人間のサイクルが、あたかも第二義的なものにされる。その時代の理想とか、歴史的な使命とか、伝統の護持とかが第一義的な目的とされる。男本位の社会であるから、主役を割りあてられるのが男であるのは当然である。

人生を一貫した長期の目的があるというフィクションに、男のからだはよくあっている。熟してからあとの変容が女ほど目だたないからである。

これにたいして女の外容は何と忠実に生きものの目的をあらわしていることか。

熟していくときの美しさ、あらたな個体を産むときの苦痛、生まれた個体を熟させるまでの献身による疲労、そして生きものの目的をすでにおわったことをしめすからだの変調。女のからだほど、人間もまた生きものであることを思いおこさせるものはない。

女のライフ・サイクルは女固有のものでない。それは男もそれにぞくする人間のライフ・サイクルなのだ。

それは人間には子どもをつくることしか、ほんとうの目的はないという生物的現実にさからって目的をつくりつつある男にとっては、思いだしたくないことなのだ。

人間存在はもっと崇高なものでなくてはならないのだ。それだから、子どもを生むこと、子どもに乳をあたえること、子どもをそだてることこそ女の人間としてのつとめだという女たちを、人間として軽蔑したくなるのだ。

そして内心の軽蔑をかくしながら、まさにそのとおりだ、女は女らしく、子どもを生むこと、そだてることに専心するのがよろしいということによって、男本位の社会の女の差別を女に人間的なものとしてみとめさせるのだ。

もちろんそれに不服の女もいる。彼女らは勇敢に男本位の社会に挑戦し、女が能力において男におとるものでないことを、身をもってしめす。しかし男本位の社会そのものがかわらないかぎり、彼女らが男本位の社会で男たちのつくった目的にむかってすすめばすすむほど、彼女らは女であることのなにほどかを失わねばならない。それは男本位の社会への侵入にたいする男たちの復讐である。

男本位の社会は、栄達を目的とするフィクションのうえになりたっているとはいえ、その心のもっとも深い層では、生きものである女によりかかっている。女は男を生きものとして愛するものであってほしいのだ。男たちの栄達のフィクションとは無関係にひたすらに愛してほしいのだ。

そのことをいちばん率直にいったのはトルストイ(2)であろう。チェーホフ(3)の『かわいい女』の跋《ばつ》で、トルストイは、ある人が女は男のすることはなんでもやれるかもしれないが、男は女のできることはできないといったことばを引用したあとに

「そうだ、これはたしかにそのとおりなのだ。しかもそれはただ出産や、哺乳や、初期の育児だけについてではなく、もっとも高尚で、りっぱで、人間をもっとも神に近づける行為――愛の行為、愛する相手に自分の全身を与えきるという行為を男はなしえないのだが、すぐれた女性はそれをじつにみごとに、自然に行なって来たし、現在も行なっているし、将来も行なって行くであろう。もしも女性にこの特性がなく、彼女たちがそれを発揮しなかったとしたら、世界は、われわれ男性はどうなるであろうか。女の医者や、電信係や、

弁護士や、学者や、作家などはなくてもすませられるが、母親や、女の助手や、女の友だちや、女の慰め手といったような、男のもつすべてのよきものを愛し、目だたぬはげましによってそのすべてのよきものを男のなかによび起こし、かつ支持してくれるような――そういう女性がなければ世の中はさぞ住みにくくなるであろう」(河出書房 中村白葉・融訳『トルストイ全集17』二六四頁)

と書いている。

男は女をふみ台にして社会をつくる。生まれ、熟し、子をつくり、そして不用になっていく個人は、種の保存という目的のためのいわば使いすての手段にすぎないという事実に目をつぶって、個人の栄達こそ人生の目的であるというフィクションをつくって、それに没頭し、はたらき、老い、そして消えていく。過去から未来に生きつづけるものは、性細胞のなかの染色体だけであって、その他の細胞は、それぞれの時点での容器である。思考する大脳はその容器の中央交換台にすぎない。人間の場合この大脳は徒長しすぎた。

永劫《えいごう》のなかで僅々数十年の意識が個人にやみくもにあたえられ、またうばわれていく。かんがえてみれば、不条理であり、むなしいことだ。人間にとって不条理であるものが自然にとって条理にかなっているなら、自然の条理に反逆する人間の条理をつくらねばならなかった。すこし前までは、人類は自然にたいする自分のむなしさを知っていた。人間ははかなく、よわい存在であるとする謙虚な心は、人間をこえた神の存在のフィクションをうけいれることができた。そして神の条理は自然の条理をおおうものであった。

近代になって人間は自然を大きくつくりかえる力をもつようになって、心おごった。神にかわって進歩のフィクションが登場した。人間は将来もっと幸福になるだろうという予想は、しかし、今日の人間のはかなさを救いうるものではない。人間のはかなさを物質的な快楽で忘れさせるしかない。異常なまでの物質の消費がはじまった。大気と地殻はみるみる汚染し、資源の底がみえはじめた。

進歩の思想は神通力を失った。

男本位の社会に挑戦する女の姿勢もかわらねばならぬ。いままでは、男本位の社会も、進歩によって男女同権の社会にかわるだろうという予想で、それぞれの進歩思想を信じその運動に参加する女たちも少なくなかった。だが、それらの運動も男本位の社会の運動であるかぎり、女への差別を内にふくむものであった。しかしそれもいまとなってはご破算だ。

女の生きがいとか主婦の生きがいとかがさいきん問われることのおおいのは、男本位の社会のなかで、男本位のルールで生きるのとちがった生き方の模索であろう。

女にとっていちばん大きい問題は、男本位の社会のなかに組みこまれて、臨時工的な役割をおわされている女をどうするかである。男女同権の思想も、所詮は自由と平等とが調和的に実現されるであろうという男本位の社会から生まれたものであるかぎり、他の秩序をそのままにしておいては実現がおぼつかない。

男本位の栄達の思想そのものの変更が必要になるだろう。女のライフ・サイクルを尊重する別のフィクションをつくらねばならぬ。

早晩、地球の汚染と資源の枯渇とが、生産のスロー・ダウンを必要とするときがくるにちがいない。そのときがひとつのチャンスであろう。

それがドラスチックに生産からの女の総引き揚げの形をとるか、いまはじまっている主婦の文化運動（読書サークル、絵画クラブ、ボランティア活動など）の拡大という形ですすむか、予想はできない。

いずれにしろ、いまの男本位の社会を支配をする栄達を目的とする思想がフィクションにすぎないことがあきらかにされねばならない。個体は種の保存のための、はかない容器にすぎないことへの自覚にもとづいて、過去にかかずらわることなく、現在の地球環境において、このあわれな存在である人間が、どういたわりあって生きのびるかについての、あたらしいルールをかんがえださねばならない。それが可能かどうかは、男本位の社会が永くつちかってきた権力への執着をたちきれるかどうかにかかわっている。

また男のライフ・サイクルに従属させないで、女のライフ・サイクルを尊重するということはどういうことになるのか。

それは男には解きえない問題であるかもしれない。生きものであることのつらさが男と女とでちがうからだ。

トルストイのいったように男は女によりかかるだけでは解決できないだろう。生きものとしての女に、より大きいいたわりを男はもたねばならぬことになるであろうが、そのときのいたわりは同情といったものでなく、おなじ生きものとしての宿命のつらさをくぐりぬけたものでなくてはならぬだろう。

（一九七三年 六五歳）

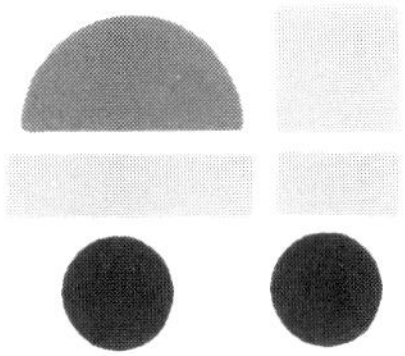

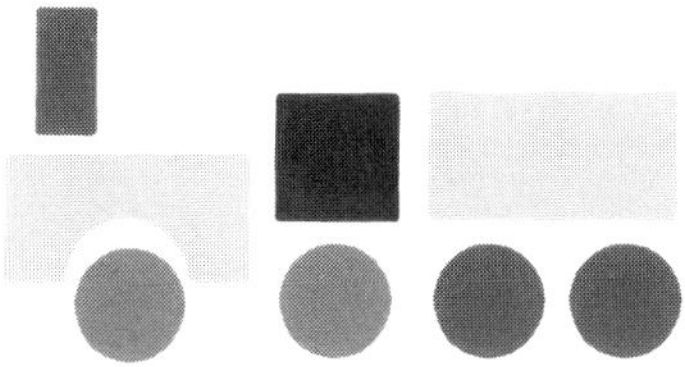

医学とはなにか

人間の病気をなくしてしまうための学問を医学という。病気がなくなれば医学はいらなくなる。だから医学の目的は医学自身をいらなくすることにある。平井毓太郎《いくたろう》(1)の名を知っているか。そして乳児の「いわゆる脳膜炎《のうまくえん》」という病気を知っているか。知らない人がおおいだろう。平井毓太郎先生は一九四四年に亡くなったし、「いわゆる脳膜炎」はいまは見られない。ベルツ(2)が日本へ来てまもなく、日本の夏には、満一年ぐらいのあかんぼに結核性脳膜炎と経過のよく似た病気があるが「其転帰死に陥らずして諸症減退し、終に快癒の域に達す。然れども其全治するは殆んど破格にして多くは精神及身体の発育不完全なるを免れず。日本国に於ける痴呆の多くの場合はまた、生歯期に於ける脳膜炎に外ならざる可し」(笠原道夫『乳児鉛中毒症序説』三頁引用)とかいた。おそらく毎年数千のあかんぼがこの「いわゆる脳膜炎」にかかって死ぬかまたは治っても痴呆になるか手足がきかなくなるかした。親たちが子どもをみるよろこびはかなしみにかわり、子どもにかけられた希望は重苦しい運命となって親たちの生涯を暗くしたのだった。その原因は何か。まるでわからない。「いわゆる脳膜炎」の恐怖は夏ごとに日本中のあかんぼをもつ親たちをおびやかした。

明治のすえから「いわゆる脳膜炎」は日本の小児科医のもっとも大きい研究のテーマであった。ある学者は夏のあつさのためにおこるのではないかといい、ほかの学者は伝染病をうたがい、帰するところがなかった。このとき自然に忠実であれということばをつねに口にして、京都帝国大学で小児科を講義していた平井毓太郎教授は、この病気のあかんぼの歯ぐきの黒くそまっていることと、赤血球に塩基色素にそまる粒のあることが、おとなの鉛中毒に似ていることに思いついた。しらべてみるとこの病気のあかんぼの母親はきっとおしろいを使っていたし、そのおしろいにはきっと鉛が証明された。だがそれだけではたりない。あかんぼのからだのなかに鉛を証明しなければならぬ。「いわゆる脳膜炎」はあかんぼの鉛中毒ではないかというかんがえを、自然のなかで事実によって確かめるために骨の折れる仕事がはじまった。「いわゆる脳膜炎」で死んだあかんぼの臓器の化学分析をやって鉛を見つけようというのだ。教授は自分で研究室へはいりこんでブンゼン燈をもやし試験管を振った。ながい年月の失敗の連続ののち、化学分析の技術の進歩がとうとう教授に鉛を見つけさせた。大正十四年四月第三十回日本小児科学会総会で教授は「所謂《いわゆる》脳膜炎」という宿題報告をやって、この病気の誘因、素因、症状、経過が鉛中毒と合致することをあきらかにした。日本のすべての小児科学者は心からの拍手でこの説をみとめた。もともと鉛をふくんだおしろいというものはそのころ先進諸国では発売禁止だった。鉛が毒だということがわかっていたからだ。日本の政府は製造業者に親切だった。「いわゆる脳膜炎」の原因が鉛おしろいだと学会でみとめられても発売禁止にはせず、まず製造を禁止し、それから在庫品が売れてしまうのをまって発売禁止にしたから、平井毓太郎教授の総会演説から十年もしてやっとこの鉛おしろいがなくなった。そのあいだ、びんぼうな母親は安いので鉛おしろいを使い、無知な母親はのびがいいので鉛おしろいを使い、何千というあかんぼがこの病気になった。けれど一九三五年からは学生たちはもうこの病気を講義でしかきかなかった。そしていまはこの病気について教わる必要もなくなった。「いわゆる脳膜炎」

はわすれられてしまった。そしてそれとともに日本のあかんぼの恩人平井毓太郎の名も。医学者の最大の名誉は自分の骨折りによって自分の存在を忘れさせてしまうことである。平井毓太郎教授のいつも言っていた自然に忠実であれということばは、しかしいまも生きている。

医学を学ぶのには自然に忠実でなくてはならぬ。

人間が自然の生活でほかの動物とちがって地球を支配するようになったのは、自然に忠実であったからだ。自分のかんがえを生活のなかでためしてみて、まちがっていたら自然にしたがってこれをなおしてきたから、人間は自然の法則を正しく自分のあたまのなかに組立てることができたのだ。この自然の法則をこころえて道具をつくりそれで自然にはたらきかける。人間のかんがえが自然にかなっていればその道具は役に立つ、自然にかなっていないとその道具は役に立たない。それで役に立つようにつくりかえる、そして自然にかなったものにする。人間はこの道具を使って生活をらくにし、さらにいい道具をかんがえるひまができた。こうして人間は自然にしたがうことによって自然にうちかってきたのだ。この人間の歴史を知っていれば自然にむかって口答えをしたり、自分の勝手なかんがえをおしつけたりできるものではない。学問がすすんできたのもこれとおなじ道筋だ。自然についてあるかんがえをいだく、それで実験をする。自然がどういう答えをするかというふうにもちかけて自然に答えてもらって教わるのだ。そういう意味で学者はつつましい。けれど自然に答えさせ、自然からまなびとる力があるのは人間だけだ、誰の力にもたよることはできぬというはげしい気がまえをけっして失わない。ここに学者は誇りをもっている。

坊さんやまじない師たちはちがう。かれらは人間の力をこえたものを信じている。それは自然をつくることとさえできる。それだからかれらが自然にむかうときは、はじめからあたまのなかに神の教えとか魔法の規則だとかを用意している。そういうものだって人間のあたまにふいに現われたものでなく、人間と自然とのたたかいのなかで生まれ、自然に忠実でなかったためへんにゆがめられてかたまったものだ。そういう出来合いのもので自然にたちむかい、それが自然の法則に合わないと、わるいのは自然だとかんがえる。それだから神にすがったり魔法にたよったりして自然が人間に都合のいいようにかわってくれることを祈ったりまじなったりする。これは人間の力を信じないのだ。自然にむかってはからいばりをするが神や魔法には奴隷のようにいくじがない。そこには人間としての誇りがない。

医学は誇りをもたなければならぬ。

自然というものはお互いにむすびつき一つ一つはなれたものでなく、つねにうごき、生まれ、すすむものだから、人間のかんがえもそれに忠実についていくには、どうにでもうごけるように自由でなくてはならない。さまたげられては学問にならぬ。医学が人間の病気を追払うのにほんとに役に立つには医学が自由でなければだめだ。解剖をしてはならぬ、だれそれの説にそむいてはならぬ、神聖なものにふれてはならぬ、というようなことがすこしでもあっては医学はすすめない。医学者が病気という自然の現象にぶつかりそのなかに自然の法則をまなびとった歴史は、じつは医学者が権勢にひしがれることなく研究の自由を自分の血と汗でたたかいとった歴史である。クロード・ベルナール(3)はいっている。

「実験的方法とは精神及思想の自由を宣言する処の科学的方法である。それは単に哲学的神学的束縛を脱れるのみならず又個人の科学的権威をも承認しない。これは傲慢でも自慢でもない。むしろ反対に実験家は個人的権威を否定することによって謙遜の行為をしているのである。何となれば彼は自己の知識までも疑い人間の権威を実験の権威及び自然法則の権威に従わせるからである」（三浦岱栄《たいえい》訳　クロード・ベルナール『実験医学入門』興学会出版部版　五五頁）

学者の研究の自由は何よりも人間の出来合いのかんがえにたいするうたがいというかたちであらわれる。科学をさきへすすめてゆくものはうたがいである。ガレーン(4)の解剖学をうたがわなかったら、ヴェサリウス(5)は人間の正しい解剖をえがいた『ファブリカ』をかかなかったろう。杉田玄白(6)も「古来医経に説きたる所」をうたがわなかったら、『解体新書』をかけなかったろう。うたがいとは自分のかんがえの自然への忠実さを問うことである。うたがいは学者の良心である。

医学もまた病気をなくするための学問なのだから、学問の苦しみと誇りとをもたねばならぬ。医学が正しい学問になるために学者が人間としてどれほど苦しまねばならなかったかを日本では身にしみてかんじていない。日本の学者の仕事は西欧で苦しんで育てた医学を、出来合いの医学としてうつし植えることであった。
医学の苦しみを知らぬものが、医学の誇りを知ろうはずがない。

（一九四七年 三九歳）

病気はなくなる

人間の病気をなくすることができるか。できる。貧乏というものがなくなれば病気はうんと減る。貧乏というものがなくなれば人民の教育もゆきわたって、病気をなくするいろんな方法もわかってもらえるから病気はさらに減る。貧乏のために学問を途中でやめなければならない学者も減るから、病気をなくするいい方法をかんがえだしてもらえることもおおくなる。けれどもこれを逆にかんがえている人もおおい。「極貧者原因調査」では一致して貧乏の原因が病気だといっている。けれどそれは、はたらき手が病気になるとその日から、もうよその助けなしにはやっていけないという健康な貧乏人の貧しさの程度を示しているだけだ。健康な人間が朝から晩まではたらいてなお、かつかつにしかやっていけないというのでは、その世の中の健康さをうたがいたくなるだろう。病気さえなくなれば貧乏はなくなるというかんがえは、病気さえなければ貧乏はあったっていいというかんがえとじかにつながっている。貧乏をなくすると同時に病気は急に減り、生れつきの病気をのこして百年とたたぬうちに病気はなくなるだろう。信じられないというだろう。だが人間がこの百年のあいだにやってきた医学のいろいろの成功を、百年まえに誰が信じていたか。

「一七二〇年マルセーユのペスト」というド・トリイの絵[1]をみたか。密雲がひくく港の町をおおって薄暗い。海岸通りのしき石のうえには歩くすきもないほど裸のペストの病人が倒れている。あるものはうつぶし、あるものはうずくまり、あるものは体中の筋肉をひきつらせてのたうち、あるものは息をひきとろうとしている。使役にかりだされた囚人が腐りかかった屍を穴倉になげこんでいる。死人の匂いで息がつまるようだ。この写実的な絵でおかしくおもえるのは、死の港をおおう雲のきれめに三、四人の天使があわただしくとびちがっていることだ。神のいいつけをたずさえてお使いにとびまわっているのらしい。いまの人間にはふにおちないが、その頃とすればあたりまえであった。一七二〇年にマルセーユとツーロンとではペストで九万人が死んだ。一七〇九年にはロシアではペストで十五万人が死んでいる。時をおいて津波のようにおしよせ、一日に数千人のいのちをうばうペストにたいして、二百年まえの人間はまったく手のほどこしようがなかった。罪深い人間に神が与えたもうた罰とかんがえてあきらめるよりほかはない。そのやりきれない気持が、あの雲のきれめの体格のいい天使の重量感を失わせてしまったのだ。二百年前の人間には、ペストのない世界などというものは信じることができなかったのだ。病気についての一般の人間の見通しというものはあてにならない。

人間はどうして病気をなくすることができるか。

病気をなくするのはくすりではない。

自分らの生活を自分らの力でよくしようという人民の努力である。

歴史のなかで人民の努力のもっとも大きく、努力のしがいのあったものは自由のためのたたかいであった。自由が医学にどんな大きな成功をもたらしたかは「医学のよあけ」のくだりでわかっただろう。封建制度の圧制によってばかにされていた人民が自分のおろかさをうちくだいたのは圧制そのものをうちくだくことによってであった。

病気をなくするためにも、人民は自分のおろかさとおろかにしているものとをうちくだいてゆかねばならない。そうすることによって人間と人間とがじかにつながり、お互いの不幸に責任をかんじるようになっていく。

くすりにたよらないでも病気がなくなっていくことの話をしよう。

おとなの腸チフス、子どものえきり、赤痢、あかんぼの腸炎は、日本ではなお一年に数万のいのちをうばっている。食べ物についてばい菌が口からはいって病気になるのだ。

だがこうなったらどうだろう。便所はどこも水洗式になる。下水道がうまくできている。排泄物に蠅《はえ》がたからない。汚物がそとに流れない。貧民窟といわれているものがなくなってしまう。どこの家も清潔だ。よくお掃除をする暇がある。手洗いには水道がある。台所には陽があたっている。いつでもお湯が自由にわかせる。ごみ箱は密閉され、きまった日に集められる。としたらチフス菌だの赤痢菌だのはどこに繁殖できるか。ばい菌のふえるところをそのままにしておいて、いくら「蠅とりデー」をやっても、伝染病院を「近代建築」につくりかえても病気をなくしてしまうことはできぬ。

蛔虫《かいちゅう》だとか十二指腸虫だとかは日本の農村にしみこんでいる。いろいろの駆虫剤の発明もりっぱな研究だ。だが化学肥料だけしか使わないようになれば、そのりっぱな発明品さえいらなくなるだろう。

工場の労働者には作業中のけががおおい。折れた骨をあとかたなくつなぐ法、うごく義肢、いろいろの整形手術ももっと発達しなければならぬ。だが、およそどの機械にも安全装置をそなえて、どんなことをしてもけがをしないようにしたらどうだろう。

ばい毒や淋疾《りんしつ》などにはそれぞれ特効薬というものが見つけられている。それだのに病気はなくならない。道楽にたいする神さまの罰だというが、何も知らないで生まれてくる子どもが耳がきこえなかったり盲目になったりするのでは、神さまも人がわるすぎる。結婚のできる年ごろになっている青年には、結婚できるだけの月給をやることだ。年ごろの女に失業をさせないことだ。男も女も人間としておなじねうちだということを法律の条文でいいきかせるだけでなく、仕事にたいする報酬でも、同じ仕事には同じに払うことだ。そして人間が人間のねうちの尊さを、他人についても自分についてもみとめるようになれば、事情はかわってくるだろう。

結核だってなくすることはできる。

日本の結核はよその国の結核とすこしちがったところがある。結核は都会にいちじるしくおおい。それも工場におおい。農村の結核は都会で病気になって帰ってきたものの家族にみられる。工場の結核は若いものにおおい。しかも、工場にくるまでは結核にうつっていないものに結核がおこることがおおい。結核にうつってから発病するまでのあいだも短い。そして病気のたちが悪く死ぬものがおおい。解剖をしてみると結核菌のはじめてとびこんでできた場所の変化が滲出性といってやわらかくこわれやすい。からだの力がひどく弱っているときにおこる変化だ。そこはすぐにくずれてうつろになってしまう。うつろになると結核菌がいよいよふえて、気管をとおってひろがる。うつろはなおりにくいから病気はどんどんすすむ、そして結核菌をのみこんで腸結核をおこし、栄養がとれず、やせて熱を出して死んでしまう。いまひとつの型は、はじめに肺にできた変化が淋巴腺《りんぱせん》にもおこり、肺門淋巴腺結核をおこし、血液のなかに菌がはいりこんで、肋膜や腹膜や脳膜に結節をつくって死ぬ。日本の結核の病理学的な特徴は、いままで結核にうつらなかったものが、青年期にはじめて感染し、それがからだの抵抗力をひどく弱らすような条件のために、初期変化群の変化が急に進行し、感染後すみやかに肺結核、腸結核と進むか、または血行性結核をおこすかして死ぬといえる。この原因を「民族的体質」だとか「気候」だとか「習慣」だとかにもっていくまえに、日本の工場の青年に結核が多いという疫病学的事実と、悪条件下における初感染という病理解剖学的事実とを結びつけるかぎがないかをさがしてみよう。それはある。日本資本主義の半封建的特質といわれるものである。

小作人が徳川時代に殿さまに納めていたと同じ高い年貢を地主に納めなければならないので、いくらはたらいても食ってゆけず借金がふえ、内職の出かせぎもおっつかず、むすこやむすめを都会の工場にやって借金をうめ、都会の工場主はこの農村からくる若者を安い賃金でやとい、せまくてきたない寄宿舎にとじこめ、まずいものしか食べさせず、一日に十四時間も十五時間もはたらかせ、それで世界一のやすい織物や日用品をつくり、それさえ国のなかでは貧乏人がおおくてよく売れず、それを海外に売り出し、その金で鉄や旋盤を外国から買って軍艦や大砲をつくり、軍備をひろげ、戦争をし、植民地をつくり、産業を育て、その仕組みをもちこたえていくために、小作人や労働者がこの仕組みに反対することを官僚の力でおさえてきた日本の社会の特質。それが農村から出てきた未感染の青年を都市の工場で過労と栄養不足のうちに結核に感染させ、初期変化群を悪化させ、肺結核や全身結核をおこさせ、はたらけなくなって農村に帰り、その家庭にまた結核をうつさせた病因である。

この日本の結核を世界一にしている病因が日本の結核予防政策のなかに反映せずにおかぬ。

工場の衛生状態を調査するだけであらためることをせず、健康保険をしぶしぶもうけたが、それも肺病になった労働者が半年のあいだ賃金の六割もらえるだけで、療養所も戦争になってから大いそぎで作り、それも軍人だけさきに入れ、保健所をつくっても気胸もろくにできず、強制的集団検診で病人を「早期に」見つけても、働いても食えるか食えないかという人間は「死ぬまではたらくしか仕方ありません」だし、申しわけに強制収容した軽症者も退所すればまた過労でわるくさせ、肺病は「全治する」という医者や非医者のかいた本を自由に売らせ、結核という社会の仕組みのなかでいやおうなしに出て来る病気の予防運動を、気まぐれなお情けによる寄附でできた団体にまかし、その役員には恩給になってやめた老人ばかりを入れ、その管理を医者でない人間にやらせ、せっかくやとった優秀な医者に精一杯はたらく機会を与えず、年に一度結核予防週間をやり、警察の署長さんのきもいりで浪花節つきの講演会をやっておばあさんや子どもをあつめ、早寝早起き冷水まさつと書いたビラを渡し、工場や役所では何百人を一列に並ばせて聴診器で胸をきいて医者に何かわかったような深刻な顔をさせる。そういう結核予防政策。

そしてまた日本の結核を世界一にしている病因は日本の人民のなかにも反映せずにはおかぬ。結核という病気は宿命で、遺伝するもので、年ごろになればひとりでにでてくるものと思いこみ、一切の予防をばかにし、ツベルクリン反応の何たるかを知らず、寝汗と微熱があればもう結核になったとかんがえ、レントゲンも使わず聴診器だけでみてもらって肺尖がすこし弱いといわれて特効薬と称するものの注射をうけ、二、三カ月して全治と言われてよろこぶかと思えば、空洞のある肺結核の病人が人工気胸もしてもらわずカルシウムの注射に通い、一年もしてなおらないのにごうをにやし、精神療法の会員になって「全治者」の体験談をあつめた厚っこい本をよんでなみだをこぼす、そういう日本の人民。

日本にだけ特におおい結核をなくしてしまうのには、日本の結核を世界一にしている病因をとりのぞかねばならぬ。政府からすすんでこの病因をとりのぞいてくれるとき、その政府こそ人民の政府の名にあたいする。そういう政府だけが、日本の医学者が完成した世界に誇ることのできるＢＣＧ予防接種を、英雄的な決断をもって人民のなかにもちこむにちがいない。ＢＣＧこそは、結核の伝播をふせぐには療養所をたてるしかないという学者の定説に耳をかさない政府、肺結核の治療には虚脱療法しかないという経験に目もくれない一般の医者、肺結核の治療にはレントゲン写真より確実なものはないという事実をかえりみない人民、特殊治療薬を系統的に探究する大きな設備を持つことのできない国の貧困、そういうものにやや絶望した研究者たちがただ一つの血路としてきりひらいた成果である。肺病人をそのままにし、医者の技術の低さをそのままにしてなおできるただ一つの予防法である。それもまた日本の結核の病因によって制約された世界一の予防法である。日本の人民がそれをとりあげない法はない。

結核をなくしようという人民の政府は、病気になっても治るまでは家族が食うに困らないような健康保険、失業保険をつくり、開放性肺結核の病人がよろこんで入る療養所をたて、保健所を地区の人民としっかりむすびつけ、医者と名のつくものはみんなレントゲンが読め、気胸ができるようにし、人民がすすんで「結核をなくする会」を作るのを助け、地区や工場で自分から集団検診を組織して病人をみつけさせ、うつっていないものにはＢＣＧをやり、各地区や工場で結核をなくする競争をさせるようにするだろう。

もちろん病気のなかにはその原因がいまのところわからないのがたくさんある。動脈硬化症、癌、腎炎、精神分裂病など。だが今まで病気の原因をきわめるのにどれだけの努力がされただろうか。貧乏な人間が官費で入院し、それが死んだとき病理解剖室にはこび、そこで学位をもらうために二、三年の予定で教室の手伝いにきている人間がおざなりに解剖しただけでないか。それではいつまでたっても病気の原因はわかりっこない。原子爆弾をつくったような大きい研究所をつくるのだ。それは世界中の人間が人類の敵にたいしてたたかう武器をつくる場所だ。研究に必要な一切のものが惜しむところなくそなえられる。研究所員になる人は財産でなしに才能をもった人だ。何百人、何千人の人がこれに参加するだろう。病気で死んだ人は飛行機か自動車ですみやかに運びこまれる。その病気によってそれぞれの部門におくられる。からだの全部の組織について、物理的、化学的、顕微鏡的、細菌学的検査が分業によっておこなわれる。その成績は短期間のうちに系統的にまとめられる。研究者のだれもが、自分の仕事は何のために、どういうことをしているかをよく知っている。研究のまえにみんなで議論して決めたからである。そこですべての創意と熱意とがあますところなく汲み尽される。こういう研究所ができれば、病人は死ぬとき焼かれるより解剖されることを遺言するだろう。研究所には病人が生前かかっていた地区の保健所や病院から、健康だったときと病気になってからの記録がおくられる。こうして世界中の研究所が報告をとりかわし、研究者をかえっこし、お互いにかくすところなく批判し、助けあえば、どんな病気だって百年もかからずにわかってしまうにちがいない。

そこでわかった病因をとりのぞく方法――そのあるものは大きな製薬工場の活動をまたねばならぬだろうが――を保健所を通して人民のなかにもってゆけばよい。保健所は地区の人民が地区から病気をなくするためのトーチカである。そこは病気をなくすることを人民に教える学校である。地区の病気をなくすることを学ぶ研究室である。もちろん病人の治療をする診療部も持たねばならぬ。そこで手におえぬものは地区の病院に入れる。地区の病院で手におえぬものをいれる専門の病院があってもいいだろう。各地区には科学図書館があって医学に関する一切の文献がある。医者につねに学問の機会を与え、うたがいをもったときはいつでもそれを徹底的にしらべることができるようにしておくこと、それが病人としてつねに正しい治療をしてもらうただ一つの保障である。この保障はまた医学のなかに優秀な人物をひきいれることにもなる。医学が学問であることが保障されるなら、人類の最後の敵にたいするたたかいに身を挺《てい》するさらに多くの青年があるだろう。学問をすることが職業上の義務であることに、苦痛でなしによろこびをかんじる人だけが医者になるだろう。そうして医者という職業は愛と学問との職業となるだろう。

病気はなくなる。国内であらそい、恐慌《きょうこう》があり、戦争があり、貧乏人の子はよくできても学校にゆけず、学閥があり、民族的偏見がありして、それでいて百年のあいだに医学をこれだけ進歩させることができた人間ではないか。そういう一切の邪魔ものがなくなれば、病気とだけたたかえばいいのだから、病気をなくしてしまうことはきっとできる。

そうすれば、人間はもう病気では死ななくなる。ただ年をとって自然に死ぬことがあるだけになる。死はもはや苦痛ではない。死が苦しいのはそれが自然でないからだ。生きようとする組織が外からの力に抵抗するから苦しいのだ。貧乏人は自分の死んだあとの遺族が心配になるからよけいに苦しいのだ。人間による人間の労働の収奪がなくなり、はたらくものがほしいだけ自分のわけまえを社会からもらえるときがくれば、その心配もなくなる。人間と人間とのあいだがなにものによってもさえぎられず、死にたいする恐怖がなくなるとき、そのとき人間はもはや何ものの前にもひざまずかないだろう。

（一九四七年 三九歳）

患者の医学

私は学生の時代にひとつの思想のとりこになった。その思想の体系としての整合について、いま多少の疑惑をもつが、その思想の根底にあった姿勢は、いまもかわらない。

それは名もない人民も、支配の側にある少数者と、まったく平等の、人間として生きる権利をもっているという信念である。

医者として三十五年を生きてきて、その点だけは一貫している。りっぱな友人たちが、そういう信念によって生きかつ死ぬことが、どんなに美しいかをみせてくれた。しかし、それだけが、私に「人民信仰」をおしえたのではない。

医者としていかに生きるべきかを私におしえて下さった平井毓太郎先生は、小児科医は、子どもを治療によってくるしめてはならぬ、不必要な治療は悪であるということをくりかえし説かれた。

医者として「カード階級」（いまの生活保護をうける層）の人たちのなかで治療をするあいだに、私は、病人たちが結核のためだけでなく、結核の「治療」（そのころはストマイもヒドラジッド[1]もなかった）のために、一文なしになって「方面委員」のやっかいになるのをみた。

戦後、結核の化学療法がようやくその効果をみせはじめた時代、もうすこし化学療法をやったら、それでなおると思える患者が、このまま化学療法をつづけていては、くすりがきかなくなるとか、悪化の危険があるとかで、外科手術をうけるようにすすめられ、肋骨を何本かきり、肺をきりとって（そのため早く退院した人もいるが）、あとになって、肺の機能障害で鬼籍に入ったのを少なからずみせられた。手術を拒否した人のなかに、化学療法だけで、ほとんどあとをのこさずになおった人のあるのもみた。

患者は、自分の将来について選択してもいいのだということを、私はそこでおしえられた。

その後結核をあまりみなくなって、子どもの病気ばかりみるようになって、子どもがかならずしも、適切な治療ばかりうけているのでないことを、「転医」してくる患者の母から知らされた。

赤ん坊は、それほどおもい病気でなくてもたべたものをはくことがある。そういうとき、赤ん坊がどんなに元気で、すこしまてば嘔吐もとまってミルクをのむにちがいない病気でも、嘔吐したということだけで、断食を命じて、太い針で三〇〇ccも五〇〇ccも食塩水を注射する療法がおこなわれている。子どもは、病気の苦痛でなしに、恐怖によって号泣する。

幼児で「転医」してきた子は、ことごとく私の診察室にはいるなり、ふるえて泣く。それは、幼児は、どんな病気でいこうが、注射せずにはかえしてもらえなかったからだ。

医療のほとんどすべてが、「保険」になり、「保険」では医者は注射で点数をかせがないと、経営がくるしいという、まったく「医学外強制」によって幼児は注射をうける。

医者として、そういう患者の姿をみていると、患者という地位におかれた人間も、人間としての権利を主張していいという気持をつよめざるをえない。

医者は支配者ではない。しかし、生命をまもるという「至上命令」をかかげられると患者は、一定の治療をほとんど一方的にうけいれねばならぬ。

医者の意志をこえた、機構の力がはたらいているといえばいいえよう。しかし、医療をそのような姿におくことは、医療をたかめるものではない。医療は、人間としての医者と、人間としての患者との相互信頼のなかで、もっとも円滑におこなわれる。医者は患者からよせられた信頼を濫用すべきではない。信じるものを裏切ることによって人間は、堕落する。堕落した人間は、よい治療をやれない。医者は信じてくれる患者の目をおそれねばならぬ。それは、裁判官が、人民の目がしっかりと裁判をみていてくれることをのぞむべきと、おなじである。

医者が、医療の制度の金しばりにあって、自由意志で医療をまもれないなら、患者は、みずからが、医者とおなじ人間であることを医者に知らせることで医療をたかめるべきだ。

医者の治療にたいして患者は、もっと、情報をえて、治療にいくつかの可能性のあるときは、みずからがえらぶべきである。

産院で、新生児室に赤ん坊があつめられ、そこで、かんたんに人工栄養にされてしまうのが現状だが、人工栄養よりも母乳栄養でやりたいという母親の意志がもっと採用されていい。赤ん坊の体重が生後三、四日ですこしぐらい増加がわるくても、生命にはかかわらぬ。母親のでない乳もやがて、でるようになる。それまで待って差支えない。

赤ん坊を新生児室にひとまとめにして入れる制度が（それは看護婦の手不足を完全看護という名でおきかえてうまれたものだが）できるまでは、助産婦も小児科医も生後一週では、たりないまで母乳で押しとおすことをすすめたのだった。

生後四日目の赤ん坊にミルクをたすかどうかは母親のほうにきめる権利がある。なぜなら人工栄養にしてしまうと、赤ん坊は病気にかかる率が母乳栄養よりたかく、不経済でもあり、後年母親が乳ガンをおこす可能性もおおい。母親は、一週間の体重よりもながい一生のことをかんがえて、自分の運命をきめようというのだ。それが、いまは、一方的に新生児室で赤ん坊はミルクをのまされ、ミルクになれた赤ん坊は母乳をのまない。人工栄養がふえたのは、産院で母親が出産をするようになってからである。

患者は、もうすこし、治療についての情報をあたえられるべきだ。

それにたいして、患者にいくら情報をあたえても、患者にはえらぶ能力がないという反駁がくわえられるだろう。患者のいうとおりにして、結果がわるかった場合でも、医者が責任をもたねばならぬという反論もあろう。

究極的には患者は医者を信用せねばならぬ。だが、医者のあるものが、制度のロボットになって医療を低落させている（生後一週間で人工栄養にきりかえたり、新鮮な空洞を治療半年におよばぬさきに切除したりするのは医療をたかめるものと思えぬ）ことに、患者が発言してはならぬというのだったら（しかもそのことは、ほかならぬ自分の身体の安全にかんすることである）、人権とは何なのか。

治療の仕方についての質問に、医者は「われを信ぜよ」というだけでなく、客観的な情報をあたえるべきだ。（ガンのような場合は別にかんがえる）その情報によって、患者はある程度、自分に都合のいいように、治療をえらべる場合もおおいはずだ。

もちろんそのためには、治療の仕方のいまの水準についての公平な紹介がなされていなければならぬ。ある病気には、これこれの治療があって、そのどちらをおこなってもいいというようなことが、もっと知らされるべきだ。医者の経営を主にした判断にたいして、患者の側にたった判断が、患者の医学として存在すべきだ。人民の医学というものがあるとすれば、そういうものだろう。

（一九六七年　五九歳）

生きる権利

昭和の初年ごろ、京都の大学には西日本全体から患者がきた。医科大学の数が少なかったので、開業医や地方の病院で手のつけられない患者を、わざわざ京都まで送ってきたのだ。送りつける医者からすれば、京都の大学で、これはとても助からないといってもらえれば、それで自分のうでがわるくて助からないのではないことを、患者の親になっとくさせられたのだろう。

そんなことで、ずいぶんひどい奇形の子もみせられた。そんな場合に、医者の目からみれば、一見して生活不能とわかる子でも、外来でそう診断して帰郷してもらうと親は不満であった。

そういうことをすると、親は大学の帰り道に、われわれ医局員のあいだでは「悪名」高い市内の医者にいって、感心できない高価な治療をうけるのだった。

だから遠いところからきた患者は一応入院させて、精密な検査をし、対症療法ではあるが、主治医がつききってある期間治療した。それでもよくならないで不幸な転帰をとったとき、親はこれだけやってもらって助からないのならあきらめますといって、なっとくして帰郷した。

重症心身障害児をみる目が、親と医者とではちがうのである。親はどんなにかわった子でも、自分の子であり、愛情の対象として、他の健康な子どもとかわるところがないと思っている。それが生活不能であるかどうかは、親としてはわからない。ただ医者の努力に期待するだけである。その点でも単純な消化不良で入院している子の親とかわるところがない。

医者が、いままでの経験や学会の定説として知っていることを、親に理解させるのは、実際に救うべく努力し、その努力が現実に裏切られていくところを親にみてもらうよりほかはない。生活不能児という医学の常識は、たんなる知識として親につたえることはできない。

生活不能とみられる重症の心身障害児は、出産のとき多くは仮死状態であるから、これを蘇生させないほうが、親にも医師にも社会にも都合がいいではないかという考えもある。社会経済とか、労働の効率とかという点からみればそうもいえよう。しかし、重症心身障害児でないふつうの人間でも社会経済とか労働の効率とかからみればずいぶんむだをしている。人生は、有意義にしか生きるべきではないという思想は危険である。何が有意義かを、きめられるほどの力をもったものを、仮定しなければならぬからである。

人間は生きているから、生きる権利があるというのでないと、基本的人権は成立しない。人生は有意義か無意義かという論争をこえて、基本的人権をなりたたせるのには、生きているから生きる権利があることにしなければならぬ。

社会に対して利益を還元しない人間は死んでいいという思想ではいっさいの社会福祉は崩壊する。

生きているから生きる権利があるというのは、人間が勝手にきめたことだ。それは社会は進歩するとか、人間の世界では善が勝つとか、人間には解決できない問題はないとかいうのとおなじに、勝手にきめたことだ。一種のフィクションだ。

医者は、生きているから生きる権利があるというフィクションのうえにたつ職業である。医者は、場合によって人を殺すことがある。殺すことを許されている職業だということになったら、医者は治療に必要な患者からの人間的信頼の基盤を失うことになろう。
医者は絶対に人を殺さぬということで、絶望的状態の患者もその近親者も、安んじて医者にかかるのだ。

（一九七二年 六四歳）

医者のエゴイズム

ある母親から手紙がきて、二歳になる子が最近目がみえなくなったことに気がついて、ある病院でみてもらっているが、はかばかしくないという。注射をしてもらうのだが、いたくてひどくおびえ、夜もよく眠らないでこまっている、一度みてほしいという依頼である。

子どもで目がみえなくなってくる病気といえば脳の病気が多いから、私のような町医者でなく、設備のととのった専門のところに相談すべきだと思ったので、そのむねを書いて、専門家のS先生にあてた紹介状を同封して送った。

一週間ほどたって、かわいい男の子の両手をひいた両親が昼すぎにたずねてきた。それが手紙の主であった。S先生にみてもらったところ、現在の主治医と私とにあてた二通の意見書を書いて下さったので、その私あてのものをわざわざとどけてきてくれたのだった。

意見書には、しばらくこのままにして経過をみたほうがいいと書かれていた。私が憂慮していた脳腫瘍《のうしゅよう》ではなかったが、そとからみれば普通の子と何らかわらない坊やが、手さぐりで小さい靴を自分ではこうとしているのをみると胸がいたかった。

それから三日してきた手紙には次のように書いてあった。

あれから帰り電車のなかで子どもが眠ってしまったので、私どもはその日S先生が説明して下さったことと、今までしていた治療とについて、何とか頭の中で整理しようと夢中でずっと話しあいました。

今日いつもの注射の日なので定刻に病院に行きました。まず医長先生によくお話しし、S先生でいただいたお手紙もよく読んでいただいて今後の治療の方針を立てていただこうと思って、順番を待って医長先生のお部屋にはいって私が話しかけると、いきなりS先生からの封書も開いてみず、よそへ行って話して下さいと押し出されてしまいました。あまりのことに、ほんとうに声も出ないほど驚いてしまいました。主人もそばでそれを見ていて、ものすごく腹がたった後で申しておりました。

医者と病人とは、売り手と買い手というのでなく、人間と人間との間柄でありたい。自分が一生けんめい治療しているのに、病人が他の医者に相談にいったのを、誇りを傷つけられたと感じたのは「医長先生」の人間的心情である。

だが、たった一人の子が盲になるかどうかの瀬戸ぎわの親の心配を、職業の誇りよりも優越させることのほうが、人間的でないか。

今の社会保障制度が医者の業務を非人間的にしてしまうことに医者が立ってたたかうのはエゴイズムとは思わないが、重大な危機にあると感じた病人がその心配を他の医者に訴える道を、多くの医者がとざしているのはエゴイズムといわれても仕方なかろう。

（一九六一年　五三歳）

無手勝流

診療をやめて六年になる。

だが医者をすっかりやめたわけではない。あまり勤勉にではないが、二、三の外国からくる医学週刊誌、小児科の専門誌は、どうにか目をとおすことにしている。

実技のほうは、もっぱら無手勝流になってしまったが、とにかくつづけている。

孫の六人と親せきの二、三人のあかんぼの侍医みたいな格好になってしまったのである。もっとも侍医といっても、いばっていて、ごきげん伺いには参上しない。時どきたずねてきてくれるとき顔をあわすだけである。

運わるく、その母親があんまをしてもらいにいき、祖母が八百屋に買いだしにいったような場合は、向かいがわの児童公園につれていって守りをしなければならぬこともある。

それも高いところからとばせて、運動能力をテストしてみたりするから、ご近所の人の目からみると危険な子守ということになろう。

しかし本人の主観としては、これで安全第一主義なのである。

熱がでるとかならず電話で知らせてくるが、一度もそれで往診したことはない。まず、近所のかぜをひいた子とあそんでいないか、前日デパートへいかなかったかをたずねる。それがイエスだと、感染源がわかったことにする。

それから、子どもの元気の程度をたずねる。

「熱はあるけれど、わりに元気です」

という返事だと

「そのままにしておくんだな」

ということになる。

それでたいてい翌日はさがってしまう。

どの子も七カ月か八カ月のときに突発性発疹をやった。三日間熱がつづいて、四日目に解熱すると同時に、全身にハシカのような疹のでる病気だ。戦前はめずらしい病気だったが、いまはどの子もやる。

このあいだも、新潟の実家に帰っていてそこで突発疹をやったのがいる。出かけるとき、ちょうど八カ月だからむこうでやるかも知れないといったのだったが、はたして、数日後の晩、急にたかい熱がでたと電話でいってきた。

その孫はひどくサービス精神のある子で、どんなにしんどくてもあやせば笑うので

「笑うようなら大丈夫だ」

という、いつもの切札が役にたたぬおそれがあった。だが近所にだれも熱をだした子がなく、よそへもつれていっていない、咳もないというから、突発疹にちがいない、何ものましたりするなといった。毎日電話がかかったが、四十度の日が二日つづいて解熱し、疹がでてきた。むこうの両親は気が気でなかったようだ。

くすりをのませなかったのも、私の安全第一主義からであった。

（一九七三年 六五歳）

「人工死」とのたたかい――どこでどうして死ねるやら

私はナロードニキ(1)のなれのはてだから、自分が医者であるくせに、人民の立場からみれば医学はどうなのか、ということをしじゅうかんがえてきた。診療をやめて家のなかに引っこんでしまった現在、いよいよ診る立場から、診られる立場に、本格的に転じてしまった。

親戚のなかに交通事故の犠牲者がでたり、同じ仲間だった人間のなかから、ガンで死んだりするものがでると、これは死ぬことも勘定にいれておかないといけないなと思うようになった。

この一年で、がんばって八キロ減量に成功したから、卒中や心筋梗塞で死ぬ確率は多少へったのでないかと思う。そうなると交通事故かガンということになるだろう。

交通事故でやられるとすると、タクシーにのっていて、ダンプか何かにぶつけられる場合だろう。診療をしていたころ、よく自動車屋のセールスマンがやってきたが、医者で車をもたぬのをけげんそうにするのだった。患者がみんな車をもっているのだから、こっちがもつ必要はなかったのだ。それに万一事故をおこしたときのトラブルをかんがえると、これ以上人生をわずらわしくしたくない人間には、自家用車は、自家印刷所とおなじに用のないものだった。

タクシーにのっていて、ぶつけられたことが三度ある。三度とも相手は自家用車だった。どれも、むこうのミスで、こちらの車のわき腹にあたってきた。幸いにかるい打撲程度ですんだ。京都の町のなかばかりだ。

いちばんこわかったのは、ある都市に講演をたのまれていって、案内役のミスで、ちがった駅でひとりでおりてしまったときだった。ミスを気づいた案内役が、駅長に連絡して私を改札口でつかまえさせ、これから国道をタクシーで一時間走って、目的地についてくれといわせた。親切な駅長は、タクシーの運転手に、このお客をどうしても定刻までに、むこうにつかせてくれ、県庁からたのまれたといったのがいけなかった。誠実な運転手君は、国道を一気にとばした。前の車を追いぬくために、中央線をはみだして、何度も右側通行をやった。むこうが工業都市だったので、ダンプばかりやってきた。定刻には間にあったが、寿命はちぢまった。

そのとき思った。もしここで事故をおこしたらどうなるだろうか。

即死ならいちばんいいのだが、そうばかりもいくまい。頭蓋骨折で意識を失ったりするともういけない。機械的にあちらさまのペースになってしまう。

たとえ、わずかの意識がのこっていて、友人のいる病院へやってくれといっても、県の救急車は県境をこえて、他府県にいくことはゆるされない。大都市だと、となりの区にだってはこんでくれない。

私はその地区の救急病院にはこばれる。救急病院というのは、ご苦労な仕事だし、事故のごたごたにまぎれて支払い者がはっきりしないので、たおされることも多いことも知っている。だが、なかには、そのごたごたを利用して金もうけをやっているところもある。

交通事故でいちばん問題になるのは、脳損傷だ。脳外科というのは、デリケートな作業だ。脳のなかの血管の走りぐあいをすっかりおぼえていないといけない。脳の血管写真の判読は、相当の熟練を要する。かけだしの医者ではむりだ。

ところが、多くの救急病院には、脳外科のできる外科医がいない。そとから見える傷口を縫ったり、ちぎれそうになったところを継いだりはするが、頭蓋内の出血をとめたり、血がたまって脳をおさえているのを取りさったりはなかなかやってくれない。

脳外科を専門にしている人は、たいてい大学の病院にいて、脳腫瘍の手術をやっている。救急病院と連絡をとっているところもあるが、たいていの救急病院は、アルバイトの外科医をつかっている。毎晩のように深夜におこされては、常勤ではからだがもたない。

だから、最初の数時間が勝負というような脳損傷だと、救急病院ではうまくやってもらえるかどうか、断言できない。

これを、救急病院長の人間的不誠実ばかりに帰するのは酷だろう。本格的に脳外科がやれるだけの設備をつくったら、おそらく病院は破産する。それに脳外科のようにどんどん進歩していく分野では、設備もたえず更新しなければならない。救急病院で、死ななくていい負傷者を死なさないためには、公的な援助がなくてはならぬだろう。

交通事故救急公団というようなものをつくって、そこで必要な設備を救急病院に配給することだ。火災にたいする消防が公的に運営されているのだから、それとおなじくらい頻度のたかくなった交通事故対策を、個人の企業にまかせておくのは時代にあわない。

各都市に脳損傷センターをつくって、ここに脳外科の専門家をプールする。それには、大学の医局の閉鎖性と学閥の封建制とを、まずとり払わねばならない。

センターと救急病院との専用の連絡線をつけて、救急病院での検査成績が、テレビでわかるようにする。救急病院だけで手あてができる場合はいいが、手にあわぬときはセンターからエキスパートが応援にいく。

救急病院をいまのように分散させずに、中央救急病院をつくることもかんがえられるが、救急車とセンターとが連絡して、センターから脳外科の必要なものだけを中央病院にはこび、手足だけのきずの場合は、地区の救急病院に入院させるのもいいだろう。

現場にでかける救急車に、テレビカメラやかんたんな検査具をのせていって、現場からセンターに連絡させるのもいいだろうが、これは交通量のはげしいところでは困難かもしれない。

いちばん大切なことは、救急センターで脳外科を専門にやる医者が一生センターにいて、他の医者とくらべて、あまりかわらぬ生活ができるように、待遇をよくすることだ。

これだけ交通事故が多くなったのだから、事故医学が独立すべきだ。虫垂炎とか、腫瘍だとか、痔疾《じしつ》だとかの治療でやってきた医者が外科医であるというだけで、救急病院の看板をかけ、アルバイトをやとって交通事故をとりあつかうのは、いかにも間に合わせだ。

いまのようなことでは、何とかして交通事故にあわないよう用心するしかほかはない。ダンプカーの走る国道を車ではしらない。タクシーにのるのは、酔っぱらい運転にぶつからぬ昼間だけということにする。ということになると、家にこもっていることになる。

蟄居《ちっきょ》することで交通事故はさけられるにしても、ガンになったり、老衰したりすることをふせげるものではない。

私は、いつか病院につれていかれるだろう。何か調子がわるくて、自己診断でのんだ薬がきかないときは、友人の医者にみてもらうことになりそうだ。どんなに私がこばんでも、家族がそういう友人をつれてくるだろう。

友人の医者は、診察をするだろう。聴診器できいてわかる程度のことは、自己診断でもわかる。自己診断でわからぬということは、医者が往診してはわからぬということだ。友人は責任上、私に入院をすすめるにちがいない。

それでも、私は抵抗する。そのうちに、何処かいたいところができてくる。そうなると、近所の医者に急いで来てもらうことになる。これは入院です、私は往診して治療できませんといわれる。もう仕方がない。家族といい争いながら入院する。

いろいろくわしい検査のできる大病院となると、すべてが「近代化」されている。附添いなどというものはゆるされない。肉親でも、午後二時から六時までしか病室にいることはゆるされない。受付けで家族と引きはなされ、ながい廊下を輸送ベッドにのせられて、エレベーターにのせられる。そして名札がブランクの部屋にはいって、ベッドにのりうつる。私は病室にひとりぼっちにされる。

一時間ぐらいすると、わかい看護婦がはいってくる。わかいから准看《じゆんかん》(2)だろう。

私は病院の医者をしていたとき、新患にはかならず婦長がさきに面接するようにいっておいたのに、と思いだすことだろう。

看護婦は白紙のカルテをひらいて、私の病床日誌をつくりはじめる。

「何ていう名前ですか」

「まつだ・みちお」

「職業は」

そうだ、私はまだ医師免許証をもっているのだから医者といっても詐称《さしょう》にはならぬ。

「医師とかいておいて下さい」

看護婦は、そんな医者きいたことないという顔をして記入するだろう。

「住所は」

そんなことは、私にきかなくっても、あとで入院の契約書か何かだすんだろうから、それをみてくれればいいのに、と思いながらこたえる。

「夷川《えびすがわ》小川(3)」

「えびす？　どんな字です」

「尊王攘夷の夷」

「え？　そんのうじょういって何ですか」

私は看護婦からボールペンをかりて、自分で記入することになる。

住所がすむと、家族歴だ。

「お父さんいられますか。お母さんいられますか。兄弟は何人ですか。おいくつですか……」

質問は三十分ぐらいはかかるだろう。

「入院するまでの経過をいって下さい」

私は自分の健康が、海岸につくった砂のお城のようにこわれていくさまを描写せねばならぬだろう。わかくて威勢のいい人間に自己の崩壊を自分の口からかたることはつらい。

やっと看護婦が引きあげると、こんどは主治医になるわかい医者がやってくる。胸に名札がはってあるのは、いちいち自己紹介をする時間を節約するためなのだろう。いきなり質問をはじめる。みると、さっき看護婦が私にきいて記入した病床日誌を開いている。

「お名前は」

「まつだ・みちお」

「おところは」

ああやめてくれないかなあ、私は苦しいんだ。私がここへきたのは、少しらくにしてもらうためで、訊問をうけにきたんじゃないんだ。そこにかいてある通りです、とよっぽどいいたいんだが、ここでこのわかい医者とけんかしてしまうと、私は孤立無援になる。

くやしいのをがまんしていう。

「夷川小川」

医者は看護婦とおなじ質問をする。

「食欲はありますか。便通は毎日ありますか。しびれたところはありませんか……」

医者は看護婦が記入したことがあやまっていないかどうかたしかめているのだ。それをカルテに印刷してある項目の順にきいて、（＋）（－）をつけている。

私は健康なとき何度かいたことか。患者への質問は、医者が最初にしないといけない。医者は直接患者から、患者が何をいちばんなおしてほしいかをきかねばならぬ。患者の不安が何であるかを主治医はつかまねばならぬ。その不安をとりのぞくことが治療である。病気の場所を医者がどんなにたくさん見つけても、患者の不安がそれにかかわっていなかったら、患者は病気をなおしてもらっても、感謝しない。

入院生活がはじまると、いちばんこまるのは食事だろう。私は美食家ではない。しかし、何十年と同居した家内のつくる食物が、私にいちばんなれている。私のきらいなものが、食卓にでることはない。食卓にむかう私には何の警戒心も抵抗感もない。ところが病院で完全看護（いまは病院も不完全を承認して基準看護というが、将来はもとの完全看護にしてほしい）だから、家族がついて食事をつくるというような、戦前日本でおこなわれた「野蛮な」風習は行なわれない。病院給食は、病院の経営が赤字にならぬよう、業者にうけおわせてつくる。病院自身がやるにしても、前日の中央市場の出荷状況によって決定されるので、ひとりひとりの患者の好みをきいてつくるものではない。

ロシアの「十月革命(4)」から十二年か十三年しかたたぬ頃、医学生だった私は、社会主義国はでつくれる最高の料理を、老衰した労働者農民に、サンルームのついた病室でたべさすのだろうと想像していた。最高の料理はのぞまないが、場合によっては病院で死ななければならぬ老人の患者には、あまりまずいものを食わすべきではない。死んでから壮大な葬式をしたり、りっぱな墓をたてたり、命日にまいったりしても、生の最後の期間に質のよくない、まずい食物をたべさせて苦しめるのは、人間の尊厳をおかすものだ。

食事はまずければ、食わずにいればよい。しかし、拒否できないものもある。それは注射だ。病院の収入のなかで、入院料は一定していて、あまりたかくとれない。収入を多くしようとすれば、注射を多くするしかない。日本ほど注射をたくさんする国はない。日本の人民は注射が好きだといわれるが、医者がそのように飼いならしてしまったのだ。私が医者になったころ、大学病院にはいってくる赤ん坊に附添う京都のおばあさんは、ことごとく注射に抵抗した。何度かやめてくれと拝まれた。いまから四十年ほどまえでも、注射好きは人民の風習としてあったわけではない。しかし、治療にあたる医者の技術料をみとめないで、薬品の原価の何パーセントかを医者の取り分としたものだから、治療代をかせぐためには、たくさんの注射をする。いろんな病理検査は、病気の決定よりも、むしろ注射薬の決定のためにおこなわれるようなものだ。病院はたくさんの検査ができるから、たくさんの注射を合法的にできる。入院したら注射されると思わねばならぬ。

私は、入院患者は注射にくる看護婦に、それは何の注射かをきくようにすすめてきた。一日に三交替もする看護婦が、医者の指示する十種類も二十種類もの、それぞれの入院患者によってちがう注射をまちがいなくやることは、必ずしも容易でない。たまたま過敏体質の患者がいて、ストレプトマイシンで急死したりするから、新聞沙汰になるが、まちがったところで死なない注射のほうが多いのだから、誰にもわからずにすんでいる場合もあるにちがいない。

病院では教育中の看護婦もはたらいている。教育がすんだ看護婦も過労で、いつもするどい注意力を集中できるとかぎらない。患者に注射の薬の名をたずねろと私がいってきたのは、そうすることで注射のまちがいをチェックできるからだ。ちがった薬の名をいわれたら、注射がかわったのですねと患者はいう。それが医者の指示どおりだったら、患者は治療がかわったことがわかる。看護婦は、患者から注射がかわったといわれれば、まちがいの場合はすぐわかる。患者が注射の薬名をたしかめる以外に、注射のまちがいを予防する法は他にない。

入院患者としての私は、注射にきた看護婦にたずねるだろう。

「その注射は、何の注射ですか」

彼女はこたえる。

「患者さんは、だまって治療をうけるのがいいんですよ」

私はだんだん家へ帰りたくなるだろう。特に主治医から、むずかしい本をよんではいけない、マンガか週刊誌ならいいでしょうといわれたときから書庫への郷愁はふかまるにちがいない。さらに病気がすすんで、再起がむずかしいとさとったとき、ますます家に帰りたくなるだろう。

しかし病院は脱出をゆるさない。死にぎわの患者はたくさん注射ができるので、病院経営上はいい客だ。腎臓がうまくはたらかなくなったとき、病院は腹腔灌流《ふくこうかんりゅう》とかいって、腹の中へ針を二本さして、一方から液を入れ、他方からぬいて腎臓を「たすける」だろう。

私はくるしいからやめてくれと、かすかな声をあげて抵抗する。だが医者はいう。

「医者は患者の生命をながくせねばならぬ義務があります」

もう誰も自然死などできなくなったのだ。死にそうな病気になると、開業医は再三よばれるのがいやだから病院に送ってしまう。そこでは人は「最新の治療」と悪戦苦闘しながら、「完全看護」という孤独のなかで、まずいものを食わされ、本をとりあげられ、友人との面会も制限されて、きわめて人工的な死を死なねばならぬ。

これは近代式大病院のなかった昔の人間にくらべて大きい不幸だ。死は昔の人間にとって生の最後の仕上げのときだ。人生でもっとも荘厳な瞬間だ。この時を昔の人は、自分らしく計画し、自分らしく演出した。

死が近づくと身辺に肉親をならばせて、ひとりひとりに別れを告げ、後事を託した。死ぬときに子や孫たちを身辺にはべらせるのは、それによって死の虚無の入口から目をそらせうるからだ。自分は死ぬ。しかし、自分の分身であるものは、明日もまた今日のように生きつづけるだろう。自分のからだの一部は、この世にのこって、太陽の光をあびるのだ。その連続の幻想で、断絶の事実をおおうのだ。

だが病院では、そうはいかぬ。臨終となると医者と看護婦とは、彼らなりの儀式をもって最後の奮戦を演出する。やれ強心剤、やれ酸素吸入、やれ点滴で、とても小さい孫たちが近づいてあそぶような余裕はない。小さいものは医者と看護婦に活動の空間をあたえるために、廊下に追いだされる。それが風習になって、未成年ははじめから病院につれていってもらえない。

病院がそういう非人間的なところになったからこそ、どの患者の生命もながくせねばならぬ義務を自分に課することで、わずかに営利としての殺人のまえでふみとどまっているのだ。

私はできたら自分の家で死にたい。食欲がのこっていたら、家内は私が何が好きか、こういう場合はどれが口にあうかを知っていて、彼女のベストをつくして食事をつくってくれるだろう。

私はステレオに私の好きなレコードをかけさせる。つかれたとき元気をふるいおこすのにいつもかけたジョン・コルトレーンの「至上の愛」[5]にするか。いやもっとリラックスしたほうがいいからシャンソンにするか。ミレイユ・マチューか、バルバーラ[6]がいいかもしれぬ。あるいは私のかいた「晩年の平井毓太郎先生」をＮＨＫの通信高校の時間に朗読してくれたのをテープにとってあるから、あれをかけてもいい。

孫がそのころ本がよめるくらいになっていたら、孫によませてもいい。ところどころ、よめない字があってストップしたら、それをおしえる。

ふだんは部屋に額だの軸だのをかけないのだが、非常時だ。富士正晴[7]が、私が医者をやめたときかいてくれた「楽自在」を壁にかけよう。グラマーの天人が雲にのって、太陽と月とを背景に、自由自在にとびまわってたのしんでいる絵だ。

でも、病気のところがひどくいたむようだったらどうするかな。わかい医者に友人がいるから、むこうの都合のいいときに寄ってもらって、いたみ止めの薬をもらっておくか。

夜中に死にそうになってもよぶまい。医者は徹夜すると翌日まったく調子がでないからな。それに、きてもらったところで、形式的な治療しかできない。翌日になって、家内からいわせればよい。

「あけ方にいけなくなりました。あなたに、入院させないでくれてありがたかったといっておりました」

（一九七〇年 六二歳）

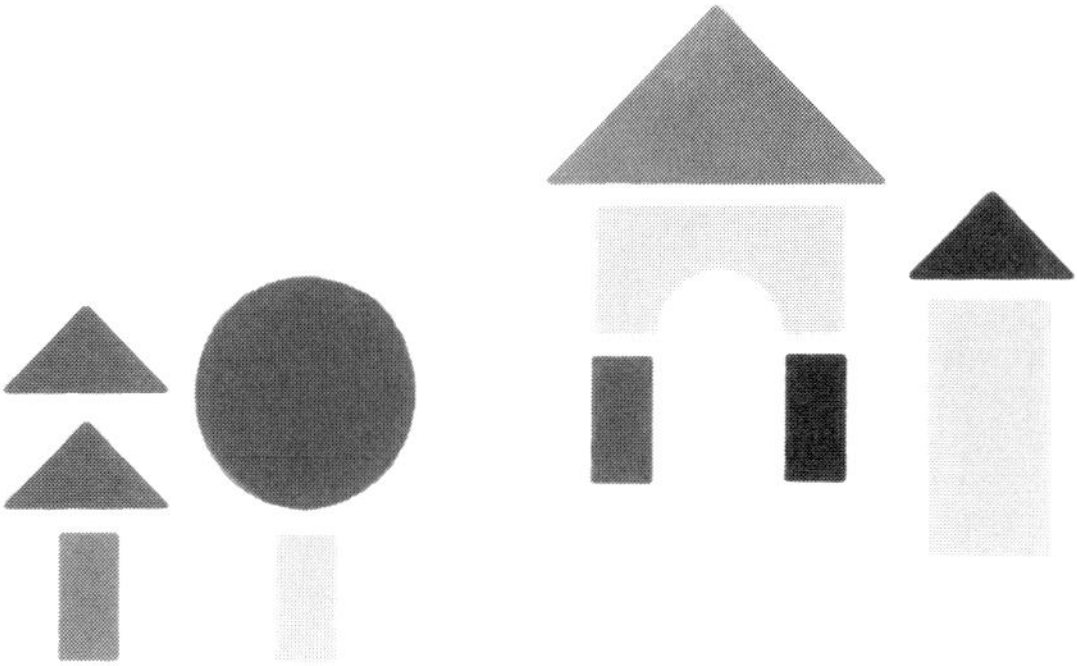

実用と非実用

私の家は代々医者であった。いちばんはじめに医者になった人は千姫《せんひめ》(1)の侍医だった。それで千姫の墓所である茨城県の飯沼《いいぬま》の弘経寺《ぐぎょうじ》に墓地をもらって、代々そこに墓を建てることになった。弘経寺の墓地は異動があって、墓の一部はわからなくなっている。

それでも大正のころしらべたところ、宝永八年（一七一一）に死んだ松田秀影という人の墓以後は残っていて、その人からかぞえて父は九代目である。

私が職業として医者をえらんだのは、祖先伝来の業を絶やすまいという保守的精神からではない。むしろその逆であった。

高等学校の学生のころ私は一切の保守的なものをたおさなければ、人間の自由はないとかたく信じるようになった。そのころの日本政府は、おそろしく保守的だったから、私の頭のなかにある信念にまで、それが保守的でないといって干渉してきた。

保守をたおそうなどというけしからぬ信念をもっている人間は、役所も会社も学校もやとわないことになった。

そういう情勢になると、哲学だの経済だの語学だの歴史だのを勉強しては、どこにも就職できない。就職しないでいい職業といえば、自分で店をひらいて商売をするしかない。大学にいって、そういう商売のできるところといえば、医学部しかない。

そういう事情で私は松田秀影の第十代をつぐことになったのだが、いまになってみて私は医者という実用的な職業をえらんだことを悔いない。

大学の医局にいたときも、結核の健康相談所につとめたときも、いつほうりだされるかわからなかった。私が心のなかに保守的であるものをふかくにくんでいることを、警察のほうでは見ぬいていたからだ。だが、ほうりだされても、町の医者になれば食っていける自信があった。自分の医者としての腕が実用にたえるように、私はあえて自分を酷使していたから。

戦争になって召集がきたときも、医者としての実用性をもっていたことが、私を前線でなしに、後方勤務をさせることになった。軍隊もそのほうが実用的だとかんがえたのだった。戦争がすんだとき、私は寡婦《かふ》になった母と七人の家族とをせおっていかねばならぬことになった。私はためらうことなく町の医者になった。このときも医者としての実用性が一家を飢えからすくってくれた。

飢えをしのぐことだけはできたが、家族の生活を人なみにささえるのには不足だったので、私は医者の仕事以外に、原稿を売る仕事をはじめた。

ものをかく仕事というものは、医者にくらべると、たよりないところがあった。医者として、私は自分の実用性を、自分の目でたしかめることができた。前日泣いていた子どもが翌日笑顔でやってくると、子どもの母親といっしょに、私はよろこべた。

けれども、かいたものが印刷されて売られるというとき、それがどれだけ人さまの役にたっているかは、わからなかった。保守的なもののかんがえ方にたいする嫌悪をかいていれば、それで原稿を買ってくれる人がいるという時期がしばらくあった。

まもなく、これではだめだと思うようになった。保守的なものに立ちむかう勢力のなかに、保守的なものがあることに気づいたのもその理由のひとつだが、誰にもたよらずに町の医者として生きている姿勢が、人間は一本立ちしていないといけないと思わせたこともある。

それ以後、私は原稿を売る場合も、実用的なものを主にするようになった。そして、十五、六冊の育児書をかいた。町の医者の重労働にたえられなくなって医者をやめたあと、それらの育児書が私の生活をささえることになった。

もちろん、そのあいだに非実用の原稿をいくつかかいた。それは一部の人が嗜好品みたいに買ってくれるもののようだった。だいたい非実用のものは、そういう売れ方しかしないものだということがわかった。好みのあう人間は、そうやたらにいるものでない。

私はいま引退した医者として、本をよむことを主な生活にしている。医者としていそがしかったので、古典といわれるものをたくさんよみのこしている。

ほとんど手あたり次第によんでいるが、よんだら心がゆたかになると思ったのは、あてがはずれた。よめばよむほど、心のなかに空虚がひろがってくるのだった。

そういうとき、私はレコードでチャーリー・パーカーやアン・バートン(2)をきくことをおぼえた。そしてやっと、空虚なものを埋めるには、非実用的なものが必要であることが、わかってきた。

（一九七五年 六七歳）

医者になりたての頃

かなしい職業

新入社員もそうだろうが、医者のなりたてはばつのわるいものだ。一カ月まえまで、外来診察室で教授からさんざんつるしあげられたのをよく知っている中年の婦長から、先生といわれる。白衣の下に金ボタンの制服をきていたときとちがって、白衣からネクタイをのぞかせていると、廊下であう外来患者の親たちはていねいにおじぎをする。

卒業試験はパスしたものの、処方箋《しょほうせん》のかき方はわからない。診断書はつくれない。

四月に教室にはいった新入りの医者は、小児科では入院患者をうけもたせてもらえなかった。検査虎の巻というのがあって、先輩からかりて小さいノートにうつさねばならなかった。その先輩のノートも新入りのときにその先輩から筆写したものだった。

血液像のしらべ方とか、試薬のつくり方とか、ワッセルマン反応の手技とか、それを知っていれば小児科のひととおりの検査ができるのだった。小児科の教室だけの秘伝みたいなものだった。

その秘伝にしたがって検査のけいこがはじまり病人の診察や治療は見学をさせてもらうだけだった。

そういう新入りも五月になると、入院患者をうけもたされた。脳性小児まひとか、胸膜炎の水がひいて退院を待っている患者とかだった。治療の技術がぜろでもいい患者だ。

はじめて医者としてふるまう患者があたるのは、五月の半ばすぎだった。それは結核性髄膜炎だった。ヒドラジッドもストマイもない時代だったから一〇〇パーセントたすからなかった。町の開業医が結核性髄膜炎らしいとかんがはたらくと、小児科へ紹介状をつけて送りこんでくるのだった。ながくみているとあとでうらまれるからである。

子どものきげんがわるくなり、熱が二、三日つづくといったところで送ってくるのだから、子どもはあるきもするし、少ないながら食事もする。

そういう子の脳脊髄液をとって、そこから例の虎の巻にかいてある技法で結核菌をみつけるのが主治医の仕事だった。一度でみつかることもあったが、たいていは何度かやって成功するのだった。

だが結核菌がみつかると、もうその子はたすからないときまるのだ。

結核性髄膜炎がたすからぬことは、そのころの親は知っていた。いつ病名を親に告げるかが医者としての技術だった。

結核菌がみつかっていても、子どもがまだ親と会話のできる時期には告げられなかった。まだわからないといいながら、病気のすすむのを待って、患者の意識が失われ、こんこんと眠りはじめたとき、はじめて告げた。

医者という職業はかなしい職業だと、思い知らされた。その結核性髄膜炎は、今はみられない。

徹夜のたたかい

さいきんの小児科医は小児ガンにでもぶつからないかぎり、死亡診断書をかくことがない。

子どもは病気をしても、死ななくなった。

ところが昭和のはじめころは、大学病院の小児科の医者はめいめい月に二、三枚の死亡診断書をかかねばならなかった。冬の肺炎、夏のエキリが両横綱であり、どちらも入院した夜が勝負だった。とくに夏のエキリは勝負がはやかった。

エキリというのは大部分に赤痢菌がみつかるのだから、赤痢の一種といってよい。赤痢菌の毒素にたいして、特別に敏感な体質の子がショックをおこして急に重体になってしまうのである。いまでこそ、赤痢菌によくきく抗生剤があって、赤痢で死ぬようなことはなくなったが、そのころは赤痢菌にきく薬はなにもなかった。

子どもに急にたかい熱がでたとか、下痢をするとかで時間外に病院につれてこられた子どもが、一、二時間のうちにショックをおこし、意識がなくなりけいれんをおこしながら、その晩のうちにいけなくなってしまうのもあった。

町の医者が、かんたんな食あたりぐらいに思って治療をはじめたのが、にわかにけいれんをおこし、おどろいて子どもにつきそって病院にはこんでくるものもあった。

小児科の当直は、入局三年までの医者が毎晩一人とまることになっていた。もちろん新入りの一年生がいちばんおおくとまらなければならなかった。

そのころの医局には、研究室におそくまで実験をしている者や下宿へ帰ってもひとりぼっちでつまらないので、八時か九時まで医局で将棋をさしたり、図書室でがんばっていたりする医者がいた。病舎主任が五時に帰ったあと、エキリの病人がはこびこまれても、新入りの当直がひとりで治療せねばならぬようなことはなかった。漁港に魚の大群がはいってきたときの漁師のように、病室へたくさんの医者があつまってきた。

治療といっても、ショックの対症療法で、静脈からブドウ糖や強心剤を注射するだけだ。ショックをおこすと静脈が糸のように細くなってしまううえ、エキリになる子は妙にぽっちゃりした子がおおくて、皮下脂肪があつく静脈がそとからわかりにくかった。

深夜の病室で、大ぜいの医者が入れかわり立ちかわりして静脈にうまく注射針を適中させようとするのだった。一発でうまくはいって、子どものほおに血の気がさしてくるときはうれしかった。だが切開して静脈を露出させて注射しても、どんどん悪化し空が白みかけた頃、心臓も呼吸もとまり、廊下にいる両親をよびいれるときは、実にいやだった。爆発する両親の号泣のなかで、切開した傷をぬいあわせるのは、両方のほおを打たれるようだった。診断書をかきに長い廊下をひとりで医員室にあるいていくときほど、医学の無力を感じたことはなかった。

赤ちゃんの鉛中毒

大正のはじめごろ、京都や大阪に「いわゆる脳膜炎」という赤ちゃんの病気があった。全部が母親の乳をのんでいる子だった。

夏のおわりごろに、流行病のようにあらわれた。熱はないが、意識がなくなり、けいれんをおこし、発病して一週間ぐらいでいけなくなってしまう。

症状は熱のないところを別にすれば、結核性の「脳膜炎」や、流行性の「脳膜炎」ににていた。脳脊髄液を培養しても細菌はみつからなかった。

関西地方に特におおかったが、東京地方にもないではなかった。それで日本中の小児科医が、正体をつきとめようとやっきになった。母乳栄養の赤ちゃんだけにあるところから、母乳のなかに有毒なものがあるのかもしれないと思う人がおおかった。人乳中毒症などという名もつけられた。

夏に流行するので、何か生きた病原体がひきおこす伝染病だろうという人もあった。ところが、ついに真犯人がみつかった。犯人は母親がつかう「おしろい」であった。

そのころの「おしろい」は、メーカーでだすもののほかに、町ではかり売りをしている「おしろい」があった。このはかり売りのおしろいのほうが、のびがよくて、まっ白だった。それは鉛がはいっているからであった。

京都や大阪の女の人のほうがおしゃれで、夏の行水のあとで厚化粧をするから京阪地方におおかったのだ。

鉛は母親の皮膚から吸収されて母体にはいり、乳のなかにもまじるし、胸のあたりまで化粧するので、汗で流れて赤ちゃんの口にもはいった。

この犯人をつきとめた名探偵は京大小児科の教授の平井毓太郎先生であった。

平井先生は大正十二年の小児科学会で「いわゆる脳膜炎」は鉛中毒だという報告をされて、満場の賛成をえられた。

だが、「いわゆる脳膜炎」は、私が小児科の医局にはいった昭和七年でも、数こそへったが、なくなってはいなかった。

含鉛の「おしろい」は製造中止の命令はでたが、販売は禁止されていなかったからだ。業者に対して親切だった政府は在庫品のめんどうをみたわけだ。

当直の夜に、ひきつけをおこしたといってつれてこられた赤ちゃんをみると、第一に熱をはかった。熱がないと、鉛中毒をかんがえた。翌朝、母親につかっている「おしろい」をもってこさせて、そのなかに鉛を証明できると、それで診断がついた。

そういう母親は、みんな貧しい家庭の母親だった。新聞もよまないので、含鉛「おしろい」の恐ろしさも知らないし、やすいのではかり売りの「おしろい」を買っていたのだった。

医者になりたての私は、病気の知識よりもさきに世の中は貧乏人に都合よくできていないことを知った。

ポリオのこと

小児マヒといえば、いまは脳性小児マヒを先に思いうかべる人がおおい。しかし、昭和のはじめごろでは、むしろ流行性小児マヒのことを略していうことばだった。それほど流行性小児マヒはおおかった。街で片足をひきずってあるいている人は、たいてい子どものときに、流行性小児マヒにかかった人だった。

いまの人は流行性小児マヒといっても、何だろうといった顔をする。しかしポリオ生ワクチンはといえば、

「うちの子は、もうすませました」

とすぐに返事する。

ポリオというのは、流行性小児マヒのことであり、ポリオ生ワクチンとは、この流行性小児マヒを予防するためのワクチンなのだ。

ワクチンのことは知っているが、ポリオとはどんな病気かを知っている人が少なくなってしまった。それだけポリオ生ワクチンが、よくきいているということなのだ。

ポリオはいやな病気だった。

私が小児科の医局にはいったころ、ポリオは、しじゅうみる病気で、一歳までの子どもにおおかった。

たいていはマヒがおこってから、病院につれてこられるのだった。片腕か片脚をぶらんとたらしたあかちゃんを、泣きそうな顔をしたお母さんが抱いて、そのあとに主治医がついていて、こまった表情をしている。

きいてみると、熱がでて主治医のところにいった。主治医は、かぜですといって、あかちゃんの腕に注射をした。翌日に熱はさがった。だが、熱がさがったと同時に腕がぶらぶらになってしまった。かぜだといったのにどうして、マヒになったのだ、注射がまちがったところにはいって、神経をいためたのではないかと患者の親がいっているのだ。

主治医がついてきているのは、ポリオという病気は、熱がでてすぐではかぜと区別がつかないし、マヒは注射のためでなく、ポリオのためだと、病院のほうからいってほしいからだ。

ポリオは病院に入院しても、やっかいな病気だった。マヒは、すこしはよくなるが、完全にはなおらないからだ。

また、脚のマヒで入院したのが、だんだんマヒがすすんで上にあがって、腹筋、呼吸筋、腕、そしてしまいに延髄の呼吸の中枢にまでマヒがすすんでくるのがあった。

それでも、呼吸がくるしくなったのを、医者がかわりあって人工呼吸しているあいだにマヒがすっかりなおって、あるいて退院できるのもあった。こういうのをランドリー・マヒといった。

これがはいってくるとたいへんだった。主治医にあたったものはもちろん、当直医が増員されて、一晩ねずにかわりあって人工呼吸をしなければならなかった。だが、それで生命をとりとめて、患者があるいて病院からでていくときは、医者になってよかったと思ったものだ。

冬の肺炎

このごろの子どもは、からだこそ大きくなったが、よわくなった。校庭の朝礼で、すこしながく立っているとぶったおれるのがでてくる。廊下で子ども同士でぶつかると、簡単に骨折をおこす。

どこへいくのにも車にのるので、からだをきたえるときがない。木の枝にぶらさがってとびおりることをしないので、骨がやわにできてしまう。

便利になるほど、人間はなまくらになる。医者にもそういうところがある。

血液をしらべたり、レントゲンをうつしたり、心電図をとったりすれば、どこかで異常がみつかるに違いないと思って検査を先にする。医者の仕事は検査室からおくってきた伝票をよむことに集中する。

私が小児科の医局にはいったころは、検査はほとんど医者がやることになっていた。中央検査室などというものはなかった。

当直の夜におもい病人がとびこんでくるとたいへんだった。翌朝の教授の回診までに、必要な検査を自分でやっておかなければならなかった。

どんな検査をぜひやらねばならぬかは、病気の診断がおよそついていないと、きまらない。

それだから、病人の全体をよくみて、打診や聴診でわかるところは、しっかりとつかんで記録しておかねばならなかった。

冬の夜にとびこんでくるのは、伝染病棟ではジフテリア、しょうこう熱、普通病棟では急性肺炎だった。

急性肺炎は今はほとんどみられないが、昭和のはじめごろは普通病棟の冬の入院の三分の一ぐらいをしめた。

急にたかい熱がでて、ときにはけいれんをおこしてつれてこられた子どもで、呼吸困難のあるときは、まず急性肺炎をかんがえねばならなかった。

右に三つ、左に二つあるどれかの肺葉に炎症をおこしているのを、胸のそとから打診したり聴診したりして、場所をきめる。発病してすぐだと症状がはっきりしない。

それをわずかの呼吸音のちがいとか、たたいてみた感じとかできめるのには、若干の音楽的才能を要した。学生オーケストラの指揮者だった人が肺炎の診断がずばぬけてうまかった。

打診や聴診で肺炎らしいと見当をつければ、あとは血液をしらべて、白血球の数がふえているのをたしかめ、中性多核白血球というのがふだんとちがうのをみつけるのだった。

翌日になると炎症がすすんで、どの肺葉がやられているかは、レントゲン写真をとればひとめでわかるようになる。前夜の記録が証拠でのこっているのだから、誤診をするとつるしあげられるのだった。そんなことで、医者のうでがきたえられた。

小川のなかにダイナマイトをぶちこんで魚をとるような、検査万能の今のやり方では、医者は、なまくらになる。

膿胸のこと

新入りの医者をこまらせた子どもの病気の最後にあげるべきは膿胸《のうきょう》であろう。

膿胸というのは、よんで字のごとく、うみが胸にたまる病気である。胸のなかの、肺と、胸壁の内側に壁紙みたいにはりついている胸膜とのあいだにあるすきまの胸膜腔に、うみがたまってくるのである。

これは、急性肺炎が重症でながびいているあいだに、肺炎菌が肺から胸膜腔にまよいでて、そこに炎症をおこしたものである。

肺の表面全部が、うみでつつまれるのだから、たいへんひろい部分の化膿である。熱もたかくでるし子どもの衰弱もひどい。何もしないでおくと、ほとんど全部が死んでしまう。

ビューローという医師が、太い金属管を外から胸壁をつらぬいて、胸膜腔につきさして、うみを排出させる方法を思いついた。その手術をするようになってから、膿胸はたすかるもののほうがおおくなった。

毎年、三月ごろになると、膿胸の子どもが町の医者から、手におえなくなって、小児科におくってこられた。外科手術は外科の医局にまわすのがふつうだが、膿胸の手術だけは外科におくらずに小児科でやった。

いつ手術をするかをみきわめるのに、小児科医のほうが都合がよかったからだ。あまり早く手術すると膿がでないし、待ちすぎると子どもがよわってしまう。外科医のするように、手術着にきかえて、マスクをし、厳重な手の消毒をしてからとりかかるのだった。

おとなの小指ぐらいの太さの先のとがったのみのような針を、あばらとあばらとのあいだに、呼吸をととのえて三センチほど一気につきたてて、中の芯をぬくと、まわりの金属管だけがのこって、なかからうみがほとばしってでてくる。

それだけでは全部できらないから、金属管を胸壁に固定して、病舎につれてかえり、金属管の先をゴム管につないで吸引する。

いまならかんたんな電気の吸引装置をつかうが、そのころは一〇リットル入りのビンを二つつかって交互にあげさげして、上から下に水の流れていく落差を利用して、吸入するのだった。看護婦は、一晩中に三回も四回もベッドのそばの台から上のびんを抱きおろし、下のびんを台の上にのせかえた。

うまくいくと一週間ぐらいで、うみがなくなって金属管をとりのぞけた。

膿胸の手術の時期と技術も新入りの医者のおぼえねばならぬことだった。

いまは、髄膜炎、エキリ、鉛中毒、ポリオ、肺炎とおなじに膿胸もなくなった。新入り医局員として小児科医の修業をしないでも、あまり失敗せずに子どもの病気をみられるようになった。内科の医者も手軽に、看板に内科小児科とかく。

（一九七四―七五年 六六―六七歳）

自由のたのしさ

私の今までの生活のなかで、自由ということは、たいへん大きい意味をもっています。見方によっては、六十何年かの生活は、自由をもとめての長い旅だったともいえましょう。自由とは何かと開きなおられてもこまるのですが、とにかく、他人からしばられないことです。

自由ということばは字引きをひくと、いろんな意味がかいてあります。束縛のないこと、牢屋に入れられていないこと、伝統や権威にとらわれてないこと、勝手ができること、あけっぱなしで好きなとき出入ができること、お金のいらないこと、物惜しみをしないこと、かたくるしくしないこと、ひまであること、などです。

いまの私は、診療をやめて、たいへん気楽になりました。あの病人はよくなるだろうかとか、あのお母さんはうまくやれるだろうかとかいう心配からは解放されました。

しかし、本屋さんとの約束だとか、月ぎめ週ぎめでかいている原稿だとかで、ほんとうに自由になれません。

私の生活をふりかえってみて、あの時は自由だったと思うのは、学校にあがるまえの幼児時代です。

そのころは、よほどの金持ちの子でもないと幼稚園へはいきませんでした。ですから、幼児の私は、朝、何時におきなければならないということはありませんでした。祖父母と同居していたら、早起きの老人のペースで家が運転しますから、早くおこされたかも知れません。だが、父は次男坊で、母と私との三人で小さい家庭をもっていましたので、私は目がさめるまでおいておかれたのでしょう。ねむいのにおこされた記憶はありません。

毎日が自分の好きなあそびの連続でした。近所にたくさん子どもがいましたから、家のそとへでれば、誰かがあそんでいました。

道路が子どもの運動場みたいなものでした。住宅地の道路は、荷車も自転車も通りません。

道路で、目かくしをしてする鬼ごっこの「めんない千鳥」をやることもできました。ひょうきんな通行人のおじさんは、目かくしをした鬼につかまえられると、口をとじて、子どもの仲間をよそおったりしました。

道路は舗装がしてありませんでしたから、道路のわきには「すもうとり草」がはえていて、そのながい茎を引っかけあわせて、両端をもって切れるまで引っぱりっこしてあそべました。道いっぱいに縄をはって、縄とびもしました。御用聞きの小僧さんも縄をとびこえていきました。

夕方に、石油のにおいをさせて、辻のガス灯の油入れにきゃたつをかついだおじさんがくるまで、私たちは道路であそびました。あすの日を思いわずらうということがありませんでした。私が道路であそんでいるあいだ、母は家の庭に張板をならべて張りものをしたり、漬物をつけたり、つぎあてをしたり、着物をぬったりしていました。

小学校にあがるまで、時間をきめておしえられたということがありませんでした。教育学者が計算してつくったカリキュラムもなければ、心理学者と音楽家とでつくった音感教育もありませんでした。

あったのは、自由だけでした。

字引きで自由の項にかいてあったことが、すべてありました。

自由ということばこそ知りませんでしたが、学校にあがるまえのような状態は、大きな価値として私のなかにあとをのこしました。

学校にあがるまえはよかったということを、学校にあがってから、病院につとめるようになってから、兵隊になってから、開業医になってから、思いだしました。

生徒の時代、学生の時代、医局員の時代、上等兵の時代、医者の時代、すべて不自由でした。

学校にあがらない時代の自由を知っていましたから、不自由はいやでした。

歴史の進歩だとか、基本的人権だとかで、自由に意味をつけることは、ずっとあとからならい、また、その意味づけもいろいろかわりました。

しかし、かわらないのは、自由であることはいいことだという感じです。そして、自分だけでなく、学校へいくまでいっしょにあそんでいた友だちも、みんなたのしそうでしたから、自由は誰にでもいいものだということを疑いませんでした。

自由とは、認識された必然だとか、自由は規律によってささえられなければならないとか、いろいろいう人があります。しかし、どんな理窟をつけるのも勝手ですが、自由のたのしさを体験したことのない人の自由についてのことばを、私は信じたくありません。

（一九七一年　六三歳）

市井の大隠

私の近所に靴屋さんがある。あまり大きな店ではない。店にはいつも白髪赭顔《はくはつしゃがん》の老人が靴ズミや敷皮のならべてあるガラスの陳列箱を机にして何か書きものをしている。彼は客が店にはいって何か言うまでその仕事をやめない。

私は今いる所に引越してきた当時、はじめてその店をたずねた日のことを忘れない。かなりはき古した靴の底に新しい皮を打ちつけて補強してもらおうと思ったのだった。

私がはいっていって靴をなおしてもらえまいかというと、彼は私に靴をぬいで見せるようにいった。靴をとって裏がえしてみた彼はたちどころに言った。

「これは、なおさんときやす。なおしたほうが早うこわれます」

私は、彼が、そういって新しい靴をすすめるのかと思ったのだが、彼は私が靴をはいてしまうと、また以前のように細い字でぎっしり書いた紙に何か書きつづけて私のほうを見ようとしなかった。

かわった老人だ。そう思って帰ってきた。それは私が靴を極限まで利用したということになるのだろうが、私だってはじめての靴ではない。それまで何十足かの靴をはいた経験からでてきた常識としての靴の極限概念をもっているわけだ。この程度ならほかの靴屋なら黙ってなおしてくれたのだ。ところが、この常識の極限概念はあの老人によって見事に否定された。そういわれてみると、過去において靴の新調を決心する直前の期間の不愉快な感覚を思い出した。かの老人は私をあの不愉快から救ってくれたのであった。その老人が、熱心な郷土史研究家で、その方面では大へん有名な人物であることを知ったのは、ずっとあとであった。

つい先ごろ私の関係している施設で出している定期刊行物に郷土の話を入れたいと思ってたのみにいったところ、彼は十組にちかいストックを出してきて、どれでも使いなさいといってくれた。

私は彼を心から羨ましく思った。原稿を依頼にきた記者にどれでも持っていくようにといえるなどの蓄積があったらどんなにいいだろう。大隠は市にかくれるという言葉がある。非凡な隠者は山林に隠れずかえって市中にかくれるという意味である。そして市にかくれるためには、不必要に市を賑《にぎ》わすべきでないことを彼は教えているのである。

（一九五九年 五一歳）

註

保育という教育

1「「人間を育てる保育」…」一九六七年八月一四日に松田が「第六回保育問題研究会全国大会」で行った講演の表題。本篇はその講演の一部。

教師の天分、子どもの天分

1「学校」京都市立明倫小学校（現京都芸術センター）。 **2**「祇園神社」八坂神社のこと。

左利きの人権を

1「スポックさんの…」「スポックさんの本」はアメリカの小児科医ベンジャミン・スポックが一九四六年に刊行した『スポック博士の育児書』（原題 The Common Sense Book of Baby and Child Care）。「Better Homes〜」はアメリカの雑誌 Better Homes & Gardens が発行する育児書（初刊一九四六年）。

道徳について

1「田中正造や木下尚江」田中正造は渡良瀬川水系の治水問題に献身した政治家（一八四一―一九一三）。木下尚江は足尾銅山鉱毒事件など社会問題や非戦運動に尽力した社会運動家（一八六九―一九三七）。 **2**「スターリン」ソ連の政治家（一八七九―一九五三）。反対派の粛清を行い、その専制的手法が死後批判された。**3**［中庸］儒教で特に重要とされる四書の一つ。誠の道によって天人合一を説く。**4**［フライデーが…］ダニエル・デフォーの小説『ロビンソン・クルーソー』の主人公ロビンソンは、無人島に漂着したのち、近隣の島の捕虜を助け出してフライデーと名づけ、召使いにした。

死と生

1［ロシアの革命］「世界の歴史」シリーズの一巻として刊行された松田の著書（一九七四）。松田はロシア革命史の研究家としても知られた。

生きもののつらさ

1［破風］屋根の棟の端につけられる三角形の飾り。**2**［トルストイ］ロシアの小説家（一八二八—一九一〇）。代表作に『戦争と平和』『アンナ・カレーニナ』など。**3**［チェーホフ］ロシアの劇作家、小説家（一八六〇—一九〇四）。代表作に四大戯曲『かもめ』『ワーニャ伯父さん』『三人姉妹』『桜の園』など。

医学とはなにか

1［平井毓太郎］小児科医、京都帝国大学教授（一八六五—一九四五）。乳幼児の「いわゆる脳膜炎」の原因が母親の含鉛白粉による鉛中毒であることを発見した。**2**［ベルツ］ドイツの医師（一八四九—一九一三）。お雇い外国人として三〇年近く日本に滞在、平井は弟子の一人。**3**［ベルナール］フランスの生理学者（一八一三—七八）。実験医学、一般生理学の創始者。**4**［ガレーン］ガレノス。ローマ帝国時代のギリシャの医学者（一二九頃—一九九頃）。西洋では近世まで彼の医学が絶対の権威とされた。**5**［ヴェサリウス］フランドル（現在のベルギー）の医学者（一五一四—六四）。実際の解剖観察をもとにして『人体の構造（ファブリカ）』を著し、近代医学の祖と呼ばれる。**6**［杉田玄白］医学者、蘭学者（一七三三—一八一七）。『解体新書』の訳業で知られる。

病気はなくなる

1［ド・トリイの絵］現在では作者不詳とされるマルセイユ歴史博物館収蔵の絵。

患者の医学

1［ストマイも…］ストマイ（ストレプトマイシン）、ヒドラジッド（イソニアジド）とも、結核の代表的治療薬。

「人工死」とのたたかい

1［ナロードニキ］人民の理想と要求から出発する主張を掲げる人民主義者。**2**［准看］准看護師。医師や看護師の指示で看護や診療を補助する。**3**［夷川小川］京都の東西の通りの夷川通と南北の通りの小川通の交差するあたりが住居ということ。**4**［十月革命］一九一七年のロシア革命の最重要局面。社会主義実現を目指す世界初の革命。**5**［至上の愛］アメリカのサックス奏者ジョン・コルトレーンが一九六五年に発表したジャズの名盤。**6**［ミレイユ…］ミレイユ・マチュー（一九四六—）、バルバーラ（バルバラ、一九三〇—九七）ともにフランスのシャンソン歌手。**7**［富士正晴］小説家（一九一三—八七）。松田の友人。

実用と非実用

1［千姫］徳川秀忠の長女（一五九七—一六六六）。豊臣秀頼に嫁し、豊臣氏滅亡ののち本多忠刻の妻となった。**2**［チャーリー…］チャーリー・パーカーはアメリカのサックス奏者（一九二〇—五五）。モダン・ジャズを創始したことで知られる。アン・バートンはオランダのジャズ・ヴォーカリスト（一九三三—八九）。

松田道雄

まつだ・みちお（一九〇八〜九八）
小児科医・評論家

生まれ

一九〇八（明治四一）年一〇月二六日、茨城県水海道町（現常総市）に、父道作（医師）、母のぶの長男として誕生。松田家の初代は千姫の侍医と伝わる。父の京都帝国大学医学部勤務にともない、生後すぐ京都に移る。一三年、父が小児科医院を京都で開業。京都市立明倫小学校、京都一中（現洛北高校）、第三高等学校を経て京都帝大医学部卒。高校時代にマルクス主義に出会い、共産党に入ることはなかったものの、戦後、ロシア革命史への研究を深めた。

家族・結婚

妻はゑい。ゑいが交通事故に遭い一年にわたるリハビリを続けた様子と妻への感謝を随筆に書き残している。九七年一一月にゑいが歿、翌年六月に松田も亡くなった。息子は著述家、奇術研究家の道弘。

医者として

大卒後、京都帝大医学部（副手）、京都府衛生課西ノ京健康相談所、和歌山県衛生課に勤務、結核予防事業に従事。戦中は軍医として陸軍病院に勤務。四三年、医学博士となる。戦後、六七年まで京都市内で自由診療の松田小児科診療所を開業。子どもと母親の立場に立った医療・育児を追求しつづけた。

著述家として

四〇年に初の著書『結核』を刊行。閉院後は文筆に専念、六七年の『育児の百科』はベストセラーとなり、現在でも読みつがれる名著。在野の思想家として医療・育児、社会・政治問題など広い分野でリベラルな発言を残している。四九年、『赤ん坊の科学』で毎日出版文化賞、六三年、『君たちの天分をいかそう』で児童福祉文化賞を受賞。

交友

父親も師事した小児科医・京都帝大教授の平井毓太郎を師とし、平井に関する文章も多数記す。戦後、平和問題談話会に参加し、久野収、桑原武夫、末川博、恒藤恭、田中美知太郎らと交流。ベトナムに平和を！市民連合（ベ平連）時代には鶴見俊輔、小田実と交友を深めた。その他の友人に富士正晴、多田道太郎など。野間宏、水上勉、武谷三男らと安楽死法制化を阻止する会声明発起人も務めた。

もっと松田道雄を知りたい人のためのブックガイド

松田道雄「定本 育児の百科」全三冊、岩波文庫、二〇〇七〜九年

診療所閉院直後の一九六七年に刊行された、戦後史に残る育児手引書のベストセラー（原本は八〇〇ページ以上の上製の大型本）。八〇年に新版、八七年に最新版、九九年に定本版と三度にわたり大幅な改訂が行われ、累計販売部数は一八三万部以上。松田は外国の雑誌を読み込んで最新情報を得ていたといい、本書の存在がまさにライフワークであったことがうかがわれる。親に安心感を与え、とくに母親に寄り添う筆致はいまも色あせておらず、二〇一九年にはインターネット上でも改めて大きな話題を集めた。

松田道雄「私は赤ちゃん」岩波新書、一九六〇年

松田道雄「私は二歳」岩波新書、一九六一年

夏目漱石の「吾輩は猫である」に着想を得て、赤ちゃん・子どもを語り手にして書かれた新しい育児書にして岩波新書の大ロングセラー。具体的な育児法や病気への対処法のみならず、親や社会が子どもにとってどうあってほしいかなども描かれている。二冊を原作に、「私は二歳」のタイトルで市川崑監督が一九六二年に映画化。

松田道雄「世界の歴史〈22〉ロシアの革命」河出文庫、一九九〇年

育児とともにライフワークとしていたロシア革命研究の集大成。一時は世界の理想ともされた革命の裏に潜む悲劇とは。長年社会主義に共感を示しつつも、一定の距離を保った松田ならではの冷静な筆致が光る。

貝原益軒（松田道雄訳）「養生訓」中公文庫、二〇二〇年

一九六〇年代、松田は日本式育児を復活させようと試みたが、その一環で貝原益軒を再発見し、この代表作を現代語訳した。現在でも実践的価値を評価される自主的健康管理法。

本書は、『松田道雄の本』第一、二、三、六、七、一〇、一一、一二、一六巻（筑摩書房、一九七九〜八一年）、および「道徳について」は『われらいかに死すべきか』（平凡社ライブラリー、二〇〇一年）を底本としました。

表記は、新字新かなづかいに改め、読みにくいと思われる漢字にはふりがなをつけています。また、今日では不適切と思われる表現については、作品発表時の時代背景と作品価値などを考慮して、原文どおりとしました。

なお、文末に記した執筆年齢は満年齢です。

STANDARD BOOKS

松田道雄　子どものものさし

発行日――2021年2月10日　初版第1刷

著者――松田道雄

発行者――下中美都

発行所――株式会社平凡社

東京都千代田区神田神保町3-29　〒101-0051

電話　(03)3230-6580［編集］

(03)3230-6573［営業］

振替　00180-0-29639

印刷・製本――シナノ書籍印刷株式会社

編集協力――大西香織

装幀――重実生哉

ISBN978-4-582-53178-7

NDC分類番号914.6　B6変型判(17.6cm)　総ページ220

平凡社ホームページ https://www.heibonsha.co.jp/

STANDARD BOOKS　刊行に際して

STANDARD BOOKSは、百科事典の平凡社が提案する新しい随筆シリーズです。科学と文学、双方を横断する知性を持つ科学者・作家の珠玉の作品を集め、一作家を一冊で紹介します。

今の世の中に足りないもの、それは現代に渦巻く膨大な情報のただなかにあっても、確固とした基準となる上質な知ではないでしょうか。自分の頭で考えるための指標、すなわち「知のスタンダード」となる文章を提案する。そんな意味を込めて、このシリーズを「STANDARD BOOKS」と名づけました。

寺田寅彦に始まるSTANDARD BOOKSの特長は、「科学的視点」があることです。自然科学者が書いた随筆を読むと、頭が涼しくなります。科学と文学、科学と芸術を行き来しておもしろがる感性が、そこにあります。

現代は知識や技術のタコツボ化が進み、ひとびとは同じ嗜好の人としか話をしなくなっています。いわば、「言葉の通じる人」としか話せなくなっているのです。しかし、そのような硬直化した世界からは、新しいしなやかな知は生まれえません。

境界を越えてどこでも行き来するには、自由でやわらかい、風とおしのよい心と「教養」が必要です。その基盤となるもの、それが「知のスタンダード」です。手探りで進むよりも、地図を手にしたり、導き手がいたりすることで、私たちは確信をもって一歩を踏み出すことができます。規範や基準がない「なんでもあり」の世界は、一見自由なようでいて、じつはとても不自由なのです。

このSTANDARD BOOKSが、現代の想像力に風穴をあけ、自分の頭で考える力を取り戻す一助となればと願っています。

末永くご愛顧いただければ幸いです。

2015年12月

ロゴマークデザイン：重実生哉